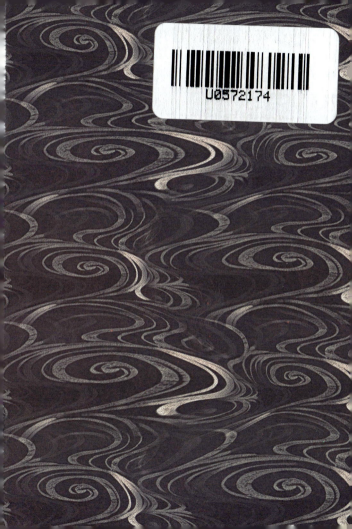

半七捕物帐

狐与僧

はんしち
とりものちょう

［日］冈本绮堂 著

陈雅婷 译

Beijing United Publishing Co., Ltd.
北京联合出版公司

图书在版编目（CIP）数据

狐与僧 / （日）冈本绮堂著 ；陈雅婷译 . -- 北京 ：
北京联合出版公司，2024. 9. --（半七捕物帐）.
ISBN 978-7-5596-7726-6

Ⅰ . Ⅰ313.45

中国国家版本馆 CIP 数据核字第 2024R2T894 号

半七捕物帐：狐与僧

作　　者：[日] 冈本绮堂

译　　者：陈雅婷

出 品 人：赵红仕

责任编辑：徐　鹏

封面设计：吴黛君

北京联合出版公司出版

（北京市西城区德外大街83号楼9层 100088）

北京新华先锋出版科技有限公司发行

大厂回族自治县德诚印务有限公司印刷　新华书店经销

字数1284千字　787毫米×1092毫米　1/64　47.25印张

2024年9月第1版　2024年9月第1次印刷

ISBN 978-7-5596-7726-6

定价：298.00元（全十册）

01

鬼姑娘

一

"以前和你说过辩天姑娘的故事，这回就讲个鬼姑娘的故事吧。"半七老人说。

文久元年（1861）七月二十日早晨，住在浅草马道的小卒庄太冲进了神田三河町半七的宅子。

"早安。"

"哦，早。"正在后院外廊上欣赏牵牛花盆景的半七回过头说，"来这么早，稀奇呀。"

"哪儿的话，我这阵子起得都很早。"

"瞎说。你估计连牵牛花开花的时辰都不晓得吧？不过这牵牛花也不行了，藤蔓都这么长了。"

"是呀。"庄太抻着脖子觑了一眼，"对了，头儿，有件事想和您说道说道。我家附近最近传起一桩怪事。"

"传起什么？麻疹？"

"不是……"庄太严肃地低声说，"是这样的，昨天晚上，我家隔壁一个叫阿作的姑娘死了。"

"怎样的姑娘，几岁了？"

"脸看着像孩子，其实已十九或二十岁了。怎么说呢，长得算是细皮嫩肉。"

半七立刻察觉，这姑娘死得恐怕有蹊跷。他立刻起身，将庄太带进了起居间。

"那姑娘怎么了？被杀了？"

"定是被杀的……被那东西咬死的。"

"猫妖吗？"半七笑道，"我不和你开玩笑，她真是被咬死的？"

"真的。她就住我家隔壁，死因我绝不会弄错。"

庄太的报告是这样的。

大约半月前的一个傍晚，年方十六的阿舍——马道木屐带铺的女儿——去附近买东西，有个头上蒙着白手巾、身穿白浴衣的年轻女子在街上与她擦肩而过时叫住了她。阿舍漫不经心地回头一看，只见那女子的脸隐在昏暗中，笑得令人毛骨悚然。年轻的阿舍顿时发怵，招呼也顾不上打，拔腿就跑。当然，事情只是如此而已。大家都说那个年轻女子不可能是幽灵或妖怪，大概只是个疯子。

接着又过了五六日，更恐怖的事情发生了。同町酒铺的婢女，今年二十一岁的阿传某次去酒铺后面的仓库拿东西，谁知竟惊呼一声倒在了地上。众人听见动静都跑了过去，当时是昏暗的掌灯时分，没见到什么可疑的踪影。可怜的阿传却被人咬断脖子死了。原本出了这样的事就已经非常恐怖了，岂料又有一个奇怪的谣言传出，顿时火上浇油，让左邻右舍更加惊疑不定。

据说那天晚上同一时刻，有人看见一个女人在酒铺后门探头探脑，模样酷似吓到木屐带铺阿舍的那个奇怪女子。由于前后两次事件都发生在入夜时分，没人看清女子的面容。两件事中的女子都蒙着白色手巾，穿着白色浴衣，应该是同一个人。于是众人都觉得，那个年轻女子似乎与阿传的死有关系。木屐带铺的女儿侥幸逃脱了，酒铺的婢女却不幸被咬死。人们将两个事件联系起来一猜，那个女子或许是某个可怕的鬼女。这里毕竟靠近因鬼婆而出名的浅茅原[1]，鬼姑娘的传说很快就传遍了大街小巷。这时节残暑还很盛，但胆小的妇孺之辈已然不敢在日暮之后出门纳凉。

即便如此，大多数人依旧不相信鬼女的怪闻。一些人认为这都是胆小鬼传出来的流言，丝毫不当回事，讥笑说那不过是杯弓蛇影。然而没过十日，又有几宗诡案发生，使得这些胆大之人也不得不加入了胆小鬼的行列，因为鬼姑娘又屠杀了一名女子。山之宿[2]梳妆铺的老板娘被人无声无息地咬死在了屋后水井旁。当然，此事也被算在了鬼姑娘头上。

就在众人越发惶惶不安之际，鬼姑娘又将手伸向了第三个牺牲品。此人便是庄太隔壁的阿作姑

---

[1] 浅茅原：指日本有名的鬼怪传说之一《浅茅原小屋》。

[2] 山之宿：浅草山之宿町，今东京都台东区花川户一丁目、二丁目的一部分。

娘。庄太家的巷子离之前发生命案的酒铺不远，有五户人家，算是一处整洁清爽的后巷大院。庄太家住在自巷口数起的第四间屋子里，隔壁住着阿作与她母亲，再往里便是空地，那里有个大垃圾堆，还有一株高大的老樱树。阿作在浅草奥山的茶馆里做工，传闻私底下有老爷照拂，故而在邻里间的名声不大好。母女俩的惯常样子倒也真像是能传出那种传闻的，身上一直穿得干爽整洁，日子过得也宽裕。阿作母女与庄太是邻居，又知道庄太的营生，故而素来待他亲切，还经常送些东西。

阿作被咬死时是昨晚六刻半（晚上七时）过后，她如往常一般从奥山铺子上归来，去厨房进澡盆擦了擦身子。母亲伊势此时正在面朝后院的外廊上熏蚊子，忽然听见女儿阿作语气严厉地说'谁在那边偷窥'，心说定是附近的年轻人犯浑，于是停下正拿着团扇扇风驱蚊的手，回头朝厨房看去，竟看见昏暗中有一名女子隐约伫立。那女子脸上蒙着白手巾，身上似乎也穿着白浴衣。阿作又斥道：

"你偷看什么……"

话音未落，阿作便"啊"地惊呼一声。伊势大骇，急忙跑去厨房查看，发现女儿浑身赤裸地倒在大澡盆外面。伊势再度返回屋中取来座灯。灯光下，女儿喉咙里源源不断地涌出鲜血，一大盆洗澡水被染得通红。伊势骇得几乎跌坐在地，连忙跑出屋外大声唤人。

邻居们立刻赶到。町里的大夫也很快到场，由于阿作被咬破喉咙，如今已回天乏术。伊势如坠梦中，完全不知发生了何事。那个偷窥阿作洗浴的女子也已趁乱消失，不知去向，结合案发前后的情况一考虑，她无疑是杀害阿作的第一嫌疑人。众人心中立刻想到，那个身穿白衣的女人在咬死酒铺婢女和梳妆铺老板娘后，又出现在这里，咬死了赤裸的年轻女子。鬼姑娘又来了——此等流言立刻传开，附近居民越发惊惶不定，庄太的媳妇昨晚也睡不安稳。

"案发当时，你可在家？"半七问。

"头儿，当时我去了外面的袜子铺，正坐在条凳上下将棋呢。等听说了这场骚动，大感惊讶地跑回去时，里头只有大院的邻居们在七嘴八舌地议论，没有旁人。身穿白浴衣的女子，更是连个影都没见着。"

"你们那条巷子可是两头通的？"

"以前可以，但这巷子本来就窄，大伙说不安全，大概前年就用篱笆将巷尾出口堵住了。不过那篱笆早已破破烂烂，加上附近的孩子爱捣蛋，篱笆上的竹子已被毁得差不多了，因此也是能过人的。"

"嗯。"半七沉吟道，"现场应该已经勘查过了，难道没有一点线索？"

"听说没有。我方才还遇见了田町重兵卫的小卒，说重兵卫认为兴许是情色纠纷，正一个劲往这个方向查呢。阿作毕竟是那样的女人，难怪他盯上这一点。若凶手是用刀刃捅人或砍人倒还说得过去，直接咬死未免太过奇怪。况且除阿作外，还有另外两人遇害呢。田町的小卒们对此似乎也有些犯难。"

"咬断喉咙说来简单，真正做起来可不容易。"半七又沉吟道，"她们真是被咬死的吗？会不会和

《忠臣藏》第六段一样，看着是火枪伤，实则是刀刺伤[1]？"

"这……"庄太也思索片刻，"我也见过尸体，看着确实像是被咬断了喉咙。大夫这么说，仵作也这么说……头儿，您有别的看法？"

"不，眼下我也没什么头绪，只是觉得不太对劲。话说回来，那个鬼姑娘究竟是什么人？"

"眼下还不知。"

"这就头疼了。我会试着想想，你也动动脑筋。"

说着，半七似是忽然想起了什么，搁下了手中团扇。

"不过，我先过去瞧一眼吧。总闲在家里纳凉

---

[1]《假名手本忠臣藏》第五段中，早野勘平带着火枪在外打猎时误杀一人，并从尸体身上得到装有五十两金子的钱袋。第六段中，勘平发现此钱袋为自己的岳父与市兵卫所有，以为自己误杀岳父，悲愤之中切腹自尽。后经同僚验尸，发现与市兵卫身上的伤口并非火枪伤，而是刀刺伤，至此真相大白。原来是盗贼定九郎杀害与市兵卫并夺走钱袋后被勘平所误杀，故而勘平当时杀的并非岳父，而是盗贼定九郎。

也解决不了问题。虽说这有几分在别人地盘上插手的意思——毕竟辖区是重兵卫负责，但你也是当地人，不如我帮你好好长长脸？"

"多谢头儿！我可就仰仗您了。"

半七随庄太出门时，媳妇阿仙在背后喊道：

"阿庄，你们上哪儿去？"

"我拉着头儿上浅草去……"庄太笑道，"虽然方向不太妙 [1]，但眼下还是早晨呢，您放心。"

"早晨也好中午也好，你小子可不让人省心。盂兰盆节的时候，你媳妇还来我这儿告状了呢。"

在阿仙的数落下，庄太不好意思地挠了挠头。

---

[1] 吉原游郭就在浅草。

二

"这天真热。"

"今年残暑盛哪。看这势头，九月换穿夹衣也不知受不受得了。"

"确实。不如九月大家一起穿着单衣发抖？"

两人说说笑笑来到浅草寺前的店铺街上，只见一大群人正乱哄哄地从各个铺子里往外跑。街上行人也大声议论着什么，跑了起来，惊起一群本在地上啄食的鸽子。

"出什么事了？"半七望着浅草寺的方向，问道。

"大家好像都往大殿方向跑呢，大约是有人打架或遭了贼。"

"或许吧。江户人还是那么喜欢凑热闹。"

两人不以为意，继续晃晃悠悠往前走，发现

奔来的人越来越多。两人见状，也忍不住快步穿过仁王门。只见一名男子被绑在观音堂前高大的银杏树上。男子二十三四岁，似乎是武家仆役，腰带后还别着一把木刀，双手被粗草绳束缚，两腿向前伸出，系在银杏树根上。树前站着个男人，手里抱着一只白鸡。另有七八个男人围着武家仆役，大声谩骂着什么。男子在被绑之前似乎挨了好一顿拳打脚踢，脸颊擦伤渗血，发髻凌乱，衣衫不整，整个人垂头丧气。

半七和庄太拨开人群挤到前头。庄太毕竟是本地人，似乎看见了熟面孔，便凑过去问道：

"那仆役怎么回事？"

"他偷了鸡，还把鸡给掐死了。光天化日之下干这种事，真不要脸。"

众所周知，浅草寺内有施主向观音敬奉的鸡，但这阵子经常有鸡失踪，故而当地人暗中多有留意。今天早晨，那仆役以包在纸中的米粒为诱饵，企图引诱正在树荫下游荡的鸡，却被卖鸡食的阿婆发现，悄悄通知了住在寺内的商户，便有两三人赶了过来，接着又有五六人赶来，发现那仆役正躲在大银杏树后给两三只鸡喂米。

由于他举止古怪，有几个性急的立即冲上去逮住他质问，仆役却说自己只是在喂鸡。这就与喂鸽子吃豆子一样，若真是如此，自然没什么好审问的，甚至值得称赞。然而这个借口并不成立，因为众人发现，那男子怀里藏着一只白鸡。如此看来，他的确是用米粒引诱鸡过来，再快速将之掐死了。于是，死鸡自然被没收，男子也在企图逃跑时被拽倒在地，遭遇群殴。虽说他是武家仆役，但此地乃浅草寺内，况且他还杀了寺里的鸡，这点小惩罚在那个时代是理所当然的。加之对方人多势众，自己孤身一人，仆役自然毫无还手之力，只能任由对方摆布，光天化日之下在众人面前出尽了洋相。不知是感到痛苦还是丢脸，被绑在树干上的男子闭目垂头，一副懊恼滑稽的样子。听闻窃鸡一事后，庄太哂笑道：

"蠢货，年纪轻轻就如此丢人现眼。"

"接下来你们打算如何？"半七问。

对偷鸡贼的惩罚不可能仅限于此。众人回答，他们打算绑他半日之后，再将他双手绑到棒子上拉着游街示众，广小路[1]自不用说，还要去马道、花川户那边绕一圈。半七皱起了眉头。

"这似乎有些过分了。就算他是在寺里犯的事，当地民众动用如此大的私刑未免不太好吧？为何不立刻将他押到警备所去？"

他们虽不认识半七，但见他是与庄太一起来的，似也隐约猜到了他的身份，因此也没给半七脸色嫌他多管闲事。怀里抱着鸡的男子恭敬回答道：

"这位大哥，是这样的，方才你也听见了，他今早已不是第一次偷鸡，而是之前已偷过几次了。况且丢鸡的不仅是寺里，这阵子，这一带时不时就有人家丢鸡。"

听他的语气，似是觉得那仆役不仅偷了寺里的鸡，还偷了附近人家的鸡，如此作恶多端之徒，受这点惩戒也是应该的。半七却觉得，若是如此，普

---

[1] 广小路：指浅草广小路。

通民众更不该动用私刑了。然而男子话音一落，一直耷拉着脑袋的仆役立刻抬起了头。

"喂、喂！你们！我方才老实了一会儿，你们就蹬鼻子上脸乱说些什么！"他怒吼道，"我只偷了他手里的那只鸡！以前从没偷过！更别说你们家养的鸡了！少得寸进尺，你们的鸡丢了关我屁事！今天只有我一人，寡不敌众才遭了你们毒打。等我回了屋就叫人来把你们的脖子一个个都拧了，骨头都打断！你们给我等着！"

"你说什么？你这狗贼！"

又有两三人想过去揍他，但被半七制止了。

"先等等。万一弄伤了他，后面就麻烦了。那边的武家仆役，你真的只偷了一只鸡？"

"废话。我是想抓了回去让大家煮着吃。"仆役怒目说道，"当初我偷了一只就该停手，就因为贪心想再偷一只才被抓了。我又不是斗鸡铺的，到处偷鸡有什么用处？无聊。"

仆役没好气地骂道。

"哎呀，算了算了。"半七又制止道，"就算只偷了一只，那也是你的错，你就忍着点吧。今天我既然在场，也算掺和进了这事。不如咱们商量商量。"

半七将那三四个看似领头之人带至不远处的树荫下，小声提醒了他们几句。即便是在寺内，当地人滥用私刑也是不妥的，万一那仆役气得咬舌自尽了怎么办？或是他归宅后找了一群人回来报复又怎么办？若真出了那样的事，对他擅用私刑的人必然要受惩戒。那仆役遭了这么多罪已然足够，半七劝众人还是就此放了他为好。对方毕竟是捕吏，众人也不敢违抗，于是仆役被松了绑。

"你们给我记着！"

仆役瞪视一圈，正准备走，却被半七叫住了。

"你这小子，真不老实。明明做了恶事，怎么还如此嚣张？快闭上嘴老老实实回去吧。"

说着，他往仆役手中塞了二朱金子。

"真对不住，给您添麻烦了。"仆役收了方才的疾言厉色，离开了。

"哈哈，这样就没事了。虽说是顺便的，但来都来了，不如去拜一拜观音吧。"

半七不理会身后传来的道别声，登上了观音堂的阶梯。半七拜完观音，走出一侧的随身门 [1] 后，庄太从后头追了上来。

"头儿，让您花了冤枉钱，大伙也让我谢谢您呢。我打听了一番，窃鸡事件似乎确实不止今早那次。最近好像屡屡有人下手。正因如此，大伙越发痛恨偷鸡贼，这才想出了方才那种惩戒的法子，让我务必来跟您解释一番呢。"

"嗯。"半七笑着颔首道，"那仆役倒成替罪羊了。"

"是吗？"

"一朱二朱的不值一提。这下事情大抵有头绪了。"

"您找到线索了？"

<hr>

[1] 随身门：左右各安置一尊随身装束守护神像的神社门。此二神称为"阍神"或"看督长"，俗称矢大臣、左大臣。随身：平安时代以后，贵族外出时负责警卫工作的近卫府随行官员。

"我还得再想想。"半七又笑道,"眼下还没准备妥当呢。"

半七让庄太领自己去了木屐带铺。他见了木屐铺的女儿阿舍,仔细打听了当晚吓到她的那个年轻女子的年龄和打扮。阿舍到底只是个十五六岁的小姑娘,当时被惊惧之情所掌控,只顾一个劲逃跑,因而只知那女子面色恐怖,张着一张牡丹般的血红大口之外,并没有心思看清更多细节,因此这场问讯也没能问出个所以然来。阿舍说,那女子似乎没穿鞋。

木屐铺的问讯就此为止,半七又去了同町的酒铺。

三

　　酒铺老板正好坐在账房，见了庄太，立刻客气地打了招呼。半七二人在铺里坐下，询问阿传被咬杀当晚的情况。然而，此事亦发生在天色昏暗之际，加之事发突然，酒铺老板也没能给出让二人满意的详细说明。不过老板做证，阿传是在铺上干了两年多的老实人，至今未有什么轻浮的传闻。

　　二人离开酒铺，又探访了山之宿的梳妆铺，然而梳妆铺的凶杀案发生时无人在场，根本不知道老板娘是如何被杀的。

　　"头儿，真没办法。"庄太出了铺子，边擦汗边咂嘴道。

　　"别急。即便如此，事情也愈来愈有眉目了。接下来去你家隔壁。"

　　庄太领着半七进了自家居住的巷子。邻居们

都聚集在隔壁阿作家中，庄太媳妇原本也过去帮忙了，得知半七来访后匆忙赶了回来。她说，阿作计划傍晚出殡。

半七又在庄太的带领下去巷尾转了一圈。庄太说得没错，巷尾虽竖了竹篱，但老旧的竹子已损毁大半。篱笆旁有个公用的大垃圾堆，半七闻到了臭味。这种巷子深处的泥地总是湿答答的，半七边闻边观察。回到庄太家后，庄太低声说道：

"要不要把阿作的母亲叫来？"

"是啊，最好请她上这边来，安静些。"半七说。

庄太立刻去隔壁将阿作母亲叫了过来。痛失独女的伊势哭得双眼红肿，来到半七面前。她是个年近五十的大块头女人。

"真是飞来横祸。"半七先哀悼一番，接着问道，"我就开门见山地说了，昨晚的事，你可有什么头绪？"

伊势抽着鼻子诉说了昨晚之事始末，与庄太的报告相同，并没有新线索。半七又问：

"那女子的长相，你真的一点都没看见？"

伊势也证实那女子蒙着白手巾，穿着白浴衣，由于天色昏暗，伊势离得又远，确实没能看清其他细节。但伊势和阿舍都说，对方应该是个年轻女子。

"那女子是否赤着脚？"

"对，确实是。"伊势似乎想起来了。

也就是说，对方是个身穿白色浴衣、打赤脚的年轻女子，这一点毋庸置疑。半七本想再问出些线索，但对方总是说着说着就哭个不停，前言不搭后语，实在问不出些什么。半七只好放弃，直接让伊势回家了。

"请您千万为小女报仇！"

伊势再三恳求后才离去。眼下已近正午，半七邀请庄太到附近小饭馆用饭。

"头儿，如何？您想查的都查完了吗？"庄太边倒酒边悄声问道。

"没法子，眼下只能先这样了。"半七也低声说，"照我看来，这回大约是把两件事扯到一起去了。首先，咬死人的一定是只畜生。"

"是吗？"

"那畜生不仅咬人。这附近不是还时常丢鸡吗？当然，若说是鬼姑娘不分人畜，逮着什么都生饮其血，倒也有可能，但我认为并非如此。你看这个。"

半七在袖兜中摸索一阵，掏出一张扭成条状的手纸，小心摊开给庄太看。

"您从哪儿弄到的这东西？"

"这些是钩在你家巷尾竹篱上的。当然，那篱笆破成那样，什么东西都能钻，不管怎么说，这肯定是兽毛。"

"确实。"庄太小心摊开手纸，仔细观察纸上那五六根微卷的黑色毛发。

"这还不止。篱笆附近还有四足脚印。提到这个，或许有人说猫猫狗狗在那一带徘徊的多了去了，但我想到了另一件事，才小心地将这些毛发带了回来。"

半七凑到庄太耳旁悄声说了几句，庄太连连点头。

“或许真是那样。不过那鬼姑娘呢？莫非真是个疯子？”

“你猜是不是？”半七笑着卖关子道。

“可是头儿，她又不是就着‘猫儿呀猫儿呀’[1]的伴奏跳舞，只是蒙着头，穿着浴衣，光着脚丫四处徘徊，怎么看都不像正常人会做的事呀？您说呢？”庄太稍微噘起了嘴巴。

“你说的虽然也有道理……算了，你听我说。”

半七再度与庄太耳语一阵。庄太听着听着，终于忍不住笑出了声。

“原来如此，原来如此！唉，我甘拜下风。一定是您说的那样，不会有错。”

“不过，关于那事，你可有什么头绪？”

庄太又皱起眉头思索片刻，最后“啪”地一拍掌，说：“有，有！”

“真有？”

---

[1]“猫じゃ猫じゃ”，江户时代、明治时代流行的一首民谣，描述的是妾室与外男通奸，险被丈夫撞破，女子借口猫儿捣乱来掩饰情郎逃跑时发出的声响的场面。

"头儿，正好有这样的。"

这回轮到庄太与半七窃窃私语，半七微微笑了起来。

"不用再考虑了，就这么办，这么办！"

两人商定事宜后暂且分开。半七去了小梅村找熟人，晚七刻（下午四时）再度回到庄太家。由于临近隔壁出殡时刻，巷子内挤满了人。虽然母女俩平素的名声不好，但一来邻里之间要尽情分，二来许是阿作死于非命也让众人颇为同情，因此送葬的人多得有些出人意料。庄太家是媳妇带着孩子一同去送殡，庄太自己在家等候半七。

"你查完回来了？"

说着，半七迈入庄太家的门。庄太迫不及待地迎出来，立刻招呼半七进去。

"刚刚回来，正等您呢。"庄太沾沾自喜地说，"头儿的眼力真准，这事十有八九错不了。我已大致查清了。"

"干得不错。果真如我所料？"

"没错，没错。"

庄太凑过来低声说话，半七则边听边点头。

"既然如此，就按我们刚刚说好的那样办？"

"只能那样办，没其他法子了。"庄太也说，"毕竟若不掌握切实的证据，之后会很麻烦。"

"说的是。日后出事可就头疼了。没办法，好好准备，这可是场硬仗。"

"倒也不至于那么费劲。"

"难说。对方有那么一个凶狠的同伴就够我们喝一壶了。"半七笑道，"眼下还早。咱们先目送隔壁出丧，再慢慢出门。"

"是啊，离天黑还有一阵子呢。不如先填饱肚子再动身吧。"

"说的是。毕竟之后要上'战场'。"

"不如叫个鳗鱼饭？"

"好主意。"

两人叫了蒲烧鳗鱼饭，早早吃了晚饭后，七月的日头也渐渐西斜。巷子中喧闹了一阵，隔壁的送葬队伍顺利启程后，庄太留下半七一人在屋中，自己又出门去别处忙活了。四周越来越暗，蚊子不知从何处成群结队地涌出来。半七咂了声嘴："庄太这小子，慌里慌张的，连蚊子都忘了熏就出门，真受不了。熏蚊器具应该都摆在那边吧？"

半七走到厨房，找出一个猪型陶器，又接着翻找半晌，终于做好了熏蚊子的准备。此时，一名男子来访。

"庄太大哥，你在里面吗？"

"来了，来了。"半七立即起身应门，"是庄太找你来的吧？我是半七。"

"原来是头儿。"男子点头致意道，"方才庄太大哥找我过来。"

"辛苦你了。有件事若不请你搭把手，恐怕做不成。来，先坐。"

半七又对男子耳语一番，男子听罢笑着点了点头。

"能行吗？"半七确认道。

"保管顺利完成。"

"咱们在这儿喂蚊子也不是办法，正好你来了，那咱们也该出发了。"

半七掩上门，向邻居交代一声庄太家没人，便和男子一同出了巷子，外头已是一片夜色。由于事前已商量好，半七尽量挑选行人稀少的方向走，来到一座名为善龙寺的寺院一角。这座寺院供奉辩才天女，附近无人不晓。这一带算是寺院町，街道两侧有五六家寺庙相对而立，大树的枝叶从古旧的土瓦墙或树篱内探出，遮得夜色越发幽深。不远处的大水沟中已能听见秋季寂寥的蛙鸣声。半七用手巾蒙住双颊，站在寺前。身旁的男子隐在墙角，如蜘蛛一般紧贴着墙壁。

路人哼着歌，似要往吉原寻乐去。两人静静在此等了大约半个时辰后，黑暗中传来低低的脚步声，似是有人来了。当然，之前已有许多人路过，半七的直觉告诉他，如今正从北边传来的脚步声就是自己等候多时的，于是干咳一声发出信号，紧接着土墙侧边也传来回应。

北边的脚步声愈来愈近，似是有人赤足踩地，极为轻微，但耳尖的半七听得清清楚楚。半七竖起耳朵，听出来者不仅有人，还有四足兽类。由于四下黑暗，半七只得借着星光凝视对方，出声道：

"喂，那边的姑娘。"

来者并未应声。黑暗里忽然传来兽类的低吼声。半七再度干咳示意。男子突然从墙边跳出，手中还拿着一根粗棍。只听黑暗中传来尖厉的野兽咆哮声，同时有脚步声往这边奔来。

半七一把拽回意图逃跑的女子，将她按倒在寺门前。那边人与兽的决斗似也结束了，寺院町的夜晚重归宁静。

"怎么样了？"半七问，"我忙着夜擒敌将，半点也没注意那边。"

"搞定了。"

传来的是庄太的声音。

四

半七将人拉到灯火通明的大街上一看，对方是个年约二十、身穿白色浴衣的女子，容貌虽不算丑，但一张脸涂得煞白，而且似是故意要让它显得吓人，眼眶被涂得发青，嘴唇和牙龈也染得通红，还画出了一张血盆大口。半七取笑她真是演了一出大戏。

女子被拉去警备所时还试图装疯逃跑，由于庄太和与他们一同行动的男子拖着一只黑色巨犬奔了过来，女子的戏终究没能演成。

女子名叫阿绌，是一名驯兽师，从小便学习驱使熊、狼，曾在向两国杂戏棚屋做事，在寺内庙会上搭过戏棚表演驯兽，也去过附近乡间的祭典上出摊赚钱。她驯兽的本事相当高明，可惜有不少陋习，比如喝酒极凶，简直不像个女子。她毕竟是干杂耍这一行的，喝酒倒也无伤大雅，让人无法容忍的是她手脚不干净。这几乎可以说是阿绀的天性，她在后台见什么偷什么，钱两自不必说，梳子、发簪，甚至烟袋，但凡她能看见的都不放过。一开始，只要她道歉基本就能获得原谅，但她屡屡再犯，其他艺人也就不愿与她同台了。最终，她受到杂戏艺人排斥，不被任何杂戏棚屋接受。

无奈之下，阿绀只好放弃这行，四处流浪，最终与吉原某妓院的皮条客勾搭在一起，在吉原日本堤下的孔雀长屋[1]住下了。丈夫本就行为不端，阿绀成亲后依旧大肆酗酒，因此夫妻二人手头十分拮据，即便夏日已过，阿绀还是只有一身白色浴衣，连换洗的衣裳也无，左邻右舍也不再与阿绀家来往。

如此一来，她偷鸡摸狗的毛病越发严重。阿绀朝各处店铺下手，看见什么便偷什么，有一次甚

---

[1] 孔雀长屋：江户时代浅草田町至日本堤一带的长屋。其名称来源说法有二：一说是因长屋远端有美人，有如孔雀尾巴；一说是因此处长屋为吉原孔雀屋所有。

至被当场抓获，遭铺里人围殴后赶走。如此惨痛的经历让她生出了训练同伙的念头。惯于驯服猛兽的她从街头野犬中选出两只个性凶猛的，巧妙地驯化后，每次出门行窃必会带上其中一只。由于白日行窃过于惹眼，她便等到日落之后再带着狗出门。狗会遵循主人的命令跟随其后，并与她拉开两三间的距离以避人耳目。对于长年与熊、狼为伍的阿绀来说，驯犬轻而易举。两只野狗忠实地听从主人的命令。

她对这类事情很感兴趣，便琢磨着给自己的脸化上怪异妆容。这是为了在行窃时吓唬他人。同时，万一失手，她还可以借此装疯逃跑。她用手巾蒙上妆容怪诞的脸，故意赤足行走，并且无论行至何处必有一只恶犬如影随形。

木屐带铺的阿舍便是遭她惊吓。当时是掌灯时分，又在大街中央，因此胆小的阿舍只是受了惊吓，但酒铺的阿传失去了年轻的生命。阿绀在酒铺后门窥探，正从仓库往外偷东西时，阿传恰好来到仓库，觉得她形迹可疑，便打算抓住她，结果角落里的恶犬扑过来一口将阿传咬断了气。在阿绀的训练下，她的狗咬人时必定往咽喉要害下口。第二个牺牲者是梳妆铺的老板娘，她也是同样的命运。至于第三个遇害者阿作，原本阿作遭阿作呵斥后，若老实离去便可无事，谁知她看见阿作露出白皙肌肤，裸身坐在澡盆中的模样后，心里竟涌出了一种施虐心理，于是给嗜血的恶犬下令，咬死阿作。不过也正是此举，为她日后被擒留下隐患。

除此之外，阿绀还曾在其他地方行窃，只是未被发觉。这一带失踪的鸡都是她偷的。据阿绀供述，她原本并没打算偷鸡，只是某次看见自己的狗咬死一只鸡后，本就什么都想偷的她立刻想到了用狗猎鸡的主意。猎到的鸡虽然自己也吃，但大多卖给了千住[1]一带的鸡铺。她还打算让狗去猎猫，只是未及动手便被半七抓住了。

阿绀被处游街示众后斩首于千住刑场。她虽

---

[1] 千住：江户时代町名，今东京都足立区千住一丁目至五丁目，广义上指旧千住町一带。江户三大刑场之一的小冢原刑场就位于千住。

然夺取了三条性命，却非亲自动手，皆是操纵恶犬杀人。这一点勾起众人好奇，此事也传遍了整个江户。自江户设立町奉行所以来，还未曾出现过这种杀人手法。

她游街示众时，马后还牵着一只野狗，狗嘴上牢牢地套着一副嘴箍。不过，刽子手并未砍下狗头。主人就戮之后，它就被活埋在主人悬首的刑台下方，只露出一个狗头，几日后自然也追随主人而去了。据说自那以后一到半夜，刑场一带便会传出狗的哀号，使过路行人惊恐万分。阿绌的丈夫声称对此事一无所知，逃脱了此次事件的惩罚，但还是被安上平素行为不端的罪名，下狱百日后被逐出了江户。

"事情就是这样。"半七老人歇了口气，"最初我也完全摸不到头绪，直到去浅草时遇上了那起窃鸡事件，才想到窃鸡一事或许与鬼姑娘一事有关。如此一路追查下去，我认为应该是有人操纵恶犬干的好事，与庄太讨论一番后，他便说吉原河堤下有个叫阿绀的驯兽师，而且本性恶劣。于是，我就让庄太前去查探，发现她果然养了两只强悍的恶犬。就这样，她耍的把戏尽皆暴露，之后收拾起来倒是顺利得有些出人意料。要抓阿绀很容易，只是跟在她身边的恶犬有些难解决。于是，我们在庄太家附近找了个青壮男子，连人带狗一起解决了。那只被当场扑杀的狗儿还算幸运，剩下那只却是遭了酷刑，真是可怜。此案传遍江户之后，也有人说阿绀是犬神的使者。将她的把戏拆解开来，不过就是刚才说的那样，无甚稀奇，只不过手法独特，让世人有些吃惊而已，万幸之后并未出现模仿之人。若是如今，只要检查一下尸体的伤口，很快就能辨别咬人的是人还是动物，但往昔做不到。也正因为如此，搜寻犯人就更加费劲了。"

02

小女郎狐

一

某次不知在聊什么，偶然提到《大冈政谈》[1]时，半七老人说：

"有些人以为江户时代没有成文律法，其实错了。即便是在那个时代，若真如戏曲、评书中的大冈[2]断案故事那样，凡事都凭判官酌情裁夺，那

---

[1]《大冈政谈》：一本江户时代实录体小说，以公元1717年至1736年担任町奉行的大冈忠相的断案故事为主题，作者不详。有《天一坊》《白子屋阿熊》等十六篇。虽以当时的著名官员为主人公，但故事多与史实无关。

[2] 大冈：大冈忠相（1677—1752），日本江户时代中期幕臣、大名，官居从五位下能登守，后转任越前守，西大平藩初代藩主。担任町奉行时辅佐第八代将军德川吉宗推动享保改革，除了江户的行政之外，还曾任评定所一座、地方御用挂、寺社奉行等。其越前守官位，以及在《大冈政谈》和时代剧中的著名奉行形象深入人心，现代多以"大冈越前守""大冈越前守忠相公"之名为人所知。

还得了？当然，主审奉行官在断案中多少有酌情裁量的空间。但奉行所中存有律法条文，凡断案时皆须以之为纲。故而若奉行想凭自身想法独断专行，饶恕该杀之人，这以当时的体系架构来说几乎是不可能的。这一点不管是往昔还是现在都是一样的。不过，往昔的律法条文比之今日的刑法自然十分粗糙简陋，故而若遇上离奇古怪的案件，办案差役们光凭律法条文无法判决，那就伤脑筋了。这就是青天老爷和碌碌庸才之间的差异所在。大冈越前守、根岸肥前守[1]等著名奉行大约便是能合理地裁决此类疑难问题。江户的奉行所都是如此了，更何况诸国的代官所——代官所负责治理散布在诸国的德川家领地，俗称'天领'，并负责裁定辖区内发生的各类案件——那里无法裁决复杂案

---

[1] 根岸肥前守：根岸镇卫（1737—1815），江户时期中后期旗本，历任勘定奉行、南町奉行。在任奉行的 30 年中留下大量生活随笔，汇成随笔集《耳囊》为人所知，其中记录了自同僚、老人口中听到的奇闻怪谈，以及发生在公方、町人等不同身份之人身上的各类事件。

件。万一判得不好，日后若遭了责难也很头疼，故而但凡遇上稍微复杂一些的案件，他们便会修书一封，附上自己的看法，写一句'可否处以某某之刑，还望示下'，然后专门派人送往江户征询意见。对此，江户奉行所会予以答复，所发出的指示文书称为'御指图书'。这份文书中写明了奉行所对代官所裁决意见的态度，或表示赞同，或建议重审，有时亦会附上奉行所的裁决意见，然后代官所才能根据文书批示做出最终判决。死罪等重刑罚自不必提，即便是流放、笞杖等相对较轻的刑罚，代官所视案件性质亦会一一征询江户的意见。别怪我啰唆，即便是那个时代，裁断某个人的刑罚也绝非易事。

"唉，这开场白说得太长了。总而言之，能让代官所特地修书江户征询意见的案件，都是有一些不同寻常之处的，故而江户奉行所也会留下书面记录，称作'御仕置例书'，留作日后的判例参考。当然，这类文书只许内部查阅，不容外借。当时有

位吟味与力 [1] 非常看重我，曾借我翻阅，我便抄下了一些自己认为罕见的案例。对了，其中就有一件叫'小女郎狐'的怪案，我给你说说吧。照《御仕置例书》里写明的案发日期看，此事发生在宽延元年（1748）九月。那已是距今一百七十余年前，著名的《忠臣藏》净琉璃歌舞伎剧也是在那一年横空出世的，算起来的确是十分遥远的往事。"

由于《御仕置例书》中只记载国名与村名，不像现今这样记载郡名，因此调查起来颇为麻烦不说，有时连村名也与往日不同，导致越发难以断定事发地点。总之按照《御仕置例书》中记载，此事发生在下总国 [2] 新石下村。宽延元年九月十三日夜里亥时（晚十时）至破晓期间发生了一桩案子，五

---

[1] 吟味与力：江户町奉行所的官职之一。江户町奉行所中，实际统筹所有民事、刑事裁决事宜，同时也进行嫌疑人的调查审问事宜的重要司法官员称为"吟味方"，亦称"诠议方"，一般设有与力 10 名、同心 20 名。

[2] 下总国：日本古代令制国之一，属东海道，领域大约包括现在的千叶县北部、茨城县西南部、埼玉县东隅、东京都东隅。

名年轻男子当场死亡，二人命悬一线。此案一下惊动了整个村子。

案发地点是庄屋[1] 茂右卫门的看守值屋，这里住着男仆七助。不管到哪儿，看守值屋都是狭小逼仄的，但这栋屋子好歹可以住人。看守人七助便日夜以此为家，白天种地，晚上则守着农田，防止山猪来糟蹋粮食。七助还只是个十九岁的年轻人。村里的年轻人就喜欢来值屋玩耍，每晚凑在一起闲话到深夜，听说也会干些损事当作消遣，但主人茂右卫门从不管教，一贯由着他们。

事发当晚，佐兵卫、次郎兵卫、弥五郎、六右卫门、甚太郎、权十等六人来到值屋，借口今日是后赏月日[2]，不知从哪儿弄来了酒菜，一入夜便开

---

[1] 庄屋：江户时代村役，与名主、肝煎同为"地方三役"之一，在郡代、代官之下负责村政的村庄之首，身份为农民，多为地方豪农，故而职位虽近似村长，实际上拥有更多的行政权。

[2] 后赏月日：日本习俗认为，若在八月十五赏过月，那在次月的十三日晚也要赏月，故将八月十五之后的九月十三称为"后赏月日"，亦称"十三夜"。

始喝酒玩闹。

"还管什么山猪呀。区区山猪，一听我们吵闹就吓坏了，不敢出来喽！"

说着，以看守人七助为首的七个年轻人说说笑笑、吵吵闹闹，最终都舒舒服服地醉倒了。虽说是田野中的独栋屋，村民却隔老远就能听见他们的笑闹声，七人一直胡闹到了亥时。然而天亮后，看守值屋的门没有打开。七助平时习惯早起，今早却没能起床，让人甚感奇怪。庄屋家的人来巡视时，发现值屋前门紧闭，而且有刺眼的烟霭自门缝漏出。来者更觉奇怪，将门打开，只见狭窄的值屋里一下涌出大量灰烟，扑面而来，熏得人一时无法睁眼张嘴。屋内本就逼仄，又有七个大男人互相压叠地倒在里面，因此几乎没有下脚之地。来者试图一个个叫醒他们，结果只有甚太郎和权十稍微有些回应，看守人七助、佐兵卫、次郎兵卫、弥五郎、六右卫门五人已断了气，幸存的二人也是半死不活的样子。

值屋主人茂右卫门自不必提，其他村民也慌忙赶来救助众人，最终醒过来的依旧只有甚太郎和权十，其他五人已是回天乏术。据苏醒的二人说，他们当时已醉得不省人事，什么都不知道，只在半梦半醒中忽然觉得透不过气来，然而身体无法动弹。一开始，众人觉得他们或许是食物中毒，深入调查下去，发现炉中好像烧了松叶，灰烬堆得老高，四下还散落着未烧完的绿松叶。众人认为他们是烧火避寒时呛了烟，导致窒息，但幸存的两人坚持说当晚没有焚烧松叶，还说他们记得夜深后关上了挡雨滑门，但并未在炉里焚烧松叶，而且压根儿没往屋内堆放青松枝。

然而，屋中火炉里明明白白地留有燃烧松叶的痕迹，并且看那高高的灰烬堆便能看出当时一定堆积了大量松叶。进一步调查下去，发现炉中不仅有松叶，更有焚烧青辣椒的痕迹。看来是有人趁七名男子不省人事之际潜入值屋，往炉内堆叠青松叶和青辣椒熏呛众人，生生把人折磨死了。江户也好、乡下也好，偶尔都会传出有人为了赶走附身病人的狐妖，残酷地焚烧松叶熏呛病人，最终导致病人死亡的事情，而这回是有人恶意用松叶熏呛七个醉酒男人。这实在太过恐怖，众人面面相觑。

事发现场是看守值屋，因此凶手犯案必然不是为了盗窃。话虽如此，七人又不可能同时得罪某个人。当然，里头或许也有无辜之人受了牵连，遭此飞来横祸。庄屋茂右卫门带头仔细审问了一番，并未发现任何头绪。不久，也不知是从哪儿传出来的说法，大家都开始议论说这是狐妖捣的鬼。

传说自古以来，这片土地上就栖息着一种小女郎狐，引发种种古怪离奇之事。它有时会幻化成美女欺骗往来行人，也能化作美少年或秃头怪物，有时还会幻化出大名出行的盛大列队，更有甚者能幻化出源平屋岛之战 [1]。由于小女郎狐拥有如此神通，

---

[1] 源平屋岛之战：日本平安时代末期的一场战役，发生于公元 1184 年至 1185 年，为源氏与平氏两大武士集团争夺权力的"源平合战"的关键战役之一。战役最终以平氏撤退，源氏掌控濑户内海，接受河野通信等水军势力及中国（平安时代以当时首都京都为中心，按距离远近将国土分为"近国""中国""远国"三个地区。"中国地区"即中部地区）、四国地区的武士集团投诚而结束。平氏经此一战，面临山穷水尽的局面。

当地人都敬畏地称其为"小女郎"，不敢加害于它。大约四五日前，曾有一只小狐狸不慎落入田中为了捕捉山猪而挖的陷阱。看守人七助和当时正巧在场的佐兵卫、次郎兵卫、弥五郎、六右卫门四人发现后，立刻生擒了那只小狐崽，半是好玩地烧起松叶，将它折磨死了。众人便想，那只小狐恐怕是小女郎狐的亲眷，此番便是为了复仇才焚烧松叶熏呛他们，让他们凄惨地死去。证据就是，直接下手虐杀小狐的五人就此殒命，与此事无关的两人则幸免于难。综上考虑，此案是狐妖作祟的说法逐渐占据优势。

仵作大致验过尸后，五人的尸体便被葬入村中的高岩寺。葬仪当天夜里，有人看见有无数狐火[1]在寺后山丘上乱舞。

---

[1] 狐火：日文中也将鬼火称为"狐火"。

二

"最近早晚冷得厉害。"

素有"老狸"之名的八州巡捕[1]常陆屋长次郎跨进代官官邸大门，见到了代官的杂务小吏宫坂市五郎。长次郎当时已近六十，如画中高僧一般有两道长长的白眉。

"哟，是常陆屋啊。这日头是越来越短喽。"市五郎在玄关旁的小房间内与长次郎相对而坐。

"想必您每天都很忙。"长次郎点头致意，接着取出筒状烟盒，"我就不兜圈子了，听说新石下村好像出了人命案……我去给亲戚奔丧，昨天才回来，所以完全不知道发生了何事……"

---

[1] 八州巡捕：江户时代后期幕府吏员，负责巡查关八州（武藏国、相模国、上总国、下总国、安房国、上野国、下野国、常陆国）以维持治安、处理犯罪的下级吏员。

"负责勘查的是八州的人，我也不太清楚，但事情始末知道得很详细。新石下死了五个农民，救活了两个。"

听市五郎详细说了焚烧松叶案的来龙去脉后，长次郎皱起了眉头。他吸完了一管烟，徐徐开口道：

"这事有些奇怪啊。小女郎狐的传闻我先前也听说过，可要说那狐妖杀了五个男子报仇，恐怕民众很难接受。这才真叫作眉头沾唾液 [1]——不可轻信呢。您的想法呢？"

"我也没什么头绪。"市五郎一脸窘迫地说，"只是眼下也没其他线索可查，这才暂且认为是小女郎狐所为。虽不知是否真为狐妖作祟，但受害者确实是被烟熏死的，松叶熏呛之事的确是真的。幸存的二人都说没焚烧过松叶，约莫是他们烧了却忘了吧。他们当时都醉得不省人事了，不记得也

[1] 日本传说将唾液涂在眉毛上可以避免被狐、貉欺瞒，后世便以"眉头唾液"表示提高警惕、不可轻信之意。

正常。"

"这案子不是已有凶手了吗?"长次郎笑道,"小女郎狐,多妙的凶手。"

市五郎只是苦笑。

"我说,宫坂大人。"长次郎膝行凑近一步,"在下虽不才,但将小女郎狐一事交给我来查如何?那狐狸一定躲在某处呢。"

"嗯。你是老狸,对手是狐狸,一丘之貉呀。"

"您可别说笑了,我可是认真的。此番就当是老狸的猎狐之行了,让您见识见识常陆屋的好身手。我改日再来拜访,还请您替我向代官大人问声好。"

辞别市五郎后,长次郎径直去了高岩寺。那里红蜻蜓成群飞舞着,翅膀在明媚的秋日下熠熠生光。昨晚的山风吹落许多树叶,铺满了山门内通向玄关的石板路。长次郎往寺内厨房探看一眼,只见杂役银藏大爷正在门口昏暗的泥地上捆扎枯枝。

"大爷,忙吗?"长次郎招呼道,"柴火还是多备些好,再过不久就要起西北风喽。"

"哟，您早。"银藏解下缠在头上的手巾，点头致意道，"确实，如今早晨和晚上突然就冷得跟冬天似的。过了十三夜后可真受不了。今早似乎还降了薄霜呢。"

"说到十三夜，听说那晚出了大事。我刚刚才从代官所的宫坂大人那里听说了详情。一下子死了五个年富力壮的年轻人，不得了啊。再过不久就要秋收了，想必他们家里头疼得很。那五个人都葬在寺里吧？"

"是。他们几家的祖坟都在寺里，不过有件事让人头疼。"

"怎么？遇上什么麻烦事了？"长次郎弯腰坐在了捆好的枯枝上。

"小女郎还是爱捣鬼。它每晚都来，把五人墓前新立的卒塔婆拔个精光不说，连花筒里供的芒草叶也揪得一点不剩，实在让人束手无策。如今才过了头七，他们的亲眷随时可能来扫墓，总也不能那样乱糟糟的置之不理，故而我每天早晨都会收拾干净，结果一到晚上又被搅得一团糟。我实在受不了，昨日佐兵卫的哥哥来时已将此事与他说清，往后我就打算放着不管了。我今晨还没去看呢，肯定又是一团乱。小女郎着实记仇，都已要了五个人的命了，差不多也该消气了吧……这小女郎与那些生灵、死灵都不同，住持念经回向或供养它都没用，真是愁死人了。"

"村民们都认为是小女郎干的？"

"是啊。"银藏用手巾擦着鼻水点头道，"谁叫他们先虐杀了小狐呢。死者亲属们也大都死心认命了，只有一人，就是方才提到的佐兵卫的兄长善吉，只有他还在怀疑，坚持说这事不是狐妖干的。可是此事又没有其他证据或线索，完全没辙，想来想去也只能是狐妖做的了。"

"是啊。话说回来，记仇记到去人家坟头上捣乱终归不是好事。不管怎么说，可否让我去看看那些新墓？"

长次郎让银藏带路，前往墓地。墓地挺大，一进门便先看见六右卫门的墓碑，碑前竖着新卒塔婆，插着芒草的花筒微微有些倾斜，似是昨晚的风吹的，并未见到任何人为捣乱的痕迹。银藏讶异地瞪大眼睛：

"咦，今早竟然无事？"

他慌忙穿过石塔之间，又来到次郎兵卫的墓前查看，发现这儿的卒塔婆和花筒也立得端端正正。接着，他又绕去其他三人的墓前探看，发现全都毫无异状。

"这可真奇了。如今已过了十日，难道小女郎终于肯原谅他们了？"银藏松了口气似的说道。

"昨日早晨，这五人的墓前都是一团乱？"

"卒塔婆和花筒全都倒了，我一个个扶起来的。"

"嗯。"长次郎取了一块新卒塔婆，在明亮的日光下仔细查看，接着又四下看了看自己脚边的泥地，说道，"你从前很爱干净，如今莫非是上了年纪？这阵子打扫得不上心哪。你昨日没清扫过这里吧？"

"昨天有葬仪，又要烧水又要生火，我一个人实在抽不出空清扫。"银藏笑道。

长次郎踏着落叶一一巡视了五人墓前的卒塔婆，不时抽出一块翻过来细看。他用脚尖踢散堆得老高的落叶，不厌其烦地巡视新墓四周的湿土。勘查完毕正准备折返时，他忽然望见墓地一隅立着一座小墓。墓前竖立的卒塔婆并不十分陈旧，花筒里则插满了新鲜的野菊花。长次郎回头问银藏：

　　"那是谁的墓？"

　　"那个啊，"银藏踮起脚指着墓说，"那是小夜的墓。"

　　"墓前供了很多花啊。小夜是前些日子投河自尽的那个姑娘吧？"

　　"是。那姑娘真可怜。"

　　两人不由得走向墓前。

　　"小夜是何时死的来着？"

　　"上个月……正好是十五日夜晚。"

　　"十五夜啊。"长次郎思考片刻，"那姑娘究竟是怎么死的？我听说是位好姑娘……"

　　"听说是去河边割芒草时不慎滑落水中。也有人到处乱传些有的没的，因而也不太清楚真相。"

"他们都传了些什么？"

说着，长次郎又弯腰检查起了坟墓四周。

"亡者的坏话不能说。"银藏叹了口气，"这么年轻的一个姑娘……实在太可怜了，我也不忍说那些有的没的。"

他缄口不言，不肯再多说。长次郎也没有勉强，因为他知道银藏大爷向来嘴巴紧，与其在这里做无意义的问询，不如找其他渠道打探小夜的死因。于是，长次郎没有过多与银藏纠缠，径直出了寺门。

三

"头儿，您来啦。"

茶馆老板娘亲切地将长次郎迎了进来。说是茶馆，其实也不过是村郊一家兼作杂货铺和粗点心铺的歇脚小茶铺，铺里狭小的泥地上放着一条老旧的长凳。老板娘端出烟盘和点心盘，放在长次郎面前。长次郎饮了一杯粗茶。铺前有一棵高大的朴树如地标一般矗立，正好充当遮阳棚。做过些季节性的问候，聊过眼下的秋收后，长次郎终于开口道：

"我说，老板娘。我虽因差事常来这里，但终归不是在这儿土生土长的，不熟悉这里的情况。听说上月十五日晚上，有个叫小夜的好姑娘跌进河里淹死了？"

"那姑娘着实可怜。"老板娘忽然眨了眨眼道，"她是村里有名的标致姑娘，为人老实，还很孝顺。

十五夜出门割芒草，就此一去不回，谁知竟成了那样……"

"明明早晨就知道晚上是十五夜，她竟还日落之后才出去割芒草。"长次郎好似嘲讽一般说道，"那姑娘今年几岁？"

"正好是十九岁厄运之年 [1]。"

"十九岁也不是小孩子了，应当不会糊涂到赏过月之后才去割芒草。孝顺也好、老实也罢，十九岁正是最好的年纪，加之她又是村里公认的标致姑娘，旁人总不会不闻不问吧？外头都在传小夜姑娘的死另有隐情呢。老板娘，你不知道？"

"头儿，您也听说了？"老板娘盯着对方的脸道。

"毕竟人嘴不把门，到底是不慎落水而死，还是投湖自尽，大家自然心知肚明。高岩寺里好像也

---

[1] 日本人认为男 25 岁、42 岁，女 19 岁、33 岁之时为厄年，容易遭遇灾难事故，必须万事小心。特别是男 42 岁、女 33 岁为"大厄"，尤其需要小心，前后两年分别为前厄、后厄，前厄也需要格外注意。

说过这些。"

"高岩寺……住持说的？还是银藏？"

"谁说的都无妨。"长次郎仍旧笑道，"老板娘，其实你也知道吧？"

对方是捕吏，而且似乎已经在高岩寺打听出了大致内情，老板娘也就轻易地上了钩，被长次郎轻而易举地打听了出来。据老板娘说，小夜的死因极其不可思议。

小夜与年逾四十的盲眼阿母相依为命，过着苦巴巴的日子。父亲是赤贫农户，且早已过世，今年十四岁的妹妹阿竹则到四余里外的地方做工去了。小夜是个孝女，白天在庄屋茂右卫门家的后厨干活，晚上则回家为左邻右舍做些活计贴补家用，勉强养活了残疾的老母。她姿色出众，在这一带是有名的，因此时常被村里年轻人戏弄或拉扯袖子，但生性老实的小夜连看都不回头看一眼。

后来，意想不到的好运降临到了她身上。她孝顺、貌美的名声传到了邻村，便有家底不错的农户上门议亲，还说可以将她阿母也一起接过去，不会让她吃苦。做媒的正是高岩寺的住持，且这亲事已议妥大半，岂料厄运突然落到了小夜身上。说来着实荒唐，外头竟传出了小夜和小女郎狐十分亲近的谣言。

小夜在庄屋做事，有时会在日暮之后才离开庄屋家。于是便有奇怪的谣言散播开来，说她在归家途中遇上了一个美少年。那美少年不像本地人，打扮得像是住持侍童[1]。两人会一起前往神社周边森林的深处或人迹罕至的麦田中。那美少年不是小女郎狐就是它的眷属，故而人们谣传小夜与兽类有染。这谣言传到了邻村，议亲之事自然就搁置了。高岩寺的住持知晓后又惊又怒，说这简直是无稽之谈，极力追查造谣之人，结果未及查明生事者，这桩来之不易的亲事便告吹了。那之后的第三日，也就是十五夜，小夜的尸体便在村郊的河川下游被发现了。

---

[1] 住持侍童：又称"寺小姓"，寺院住持身边的杂使男童，多作女性打扮，常为娈童。

虽大抵能够想象，漂亮姑娘之死一定另有隐情，但长次郎怎么也没想到，她的命运竟也毁于小女郎狐之手。

"原来如此，确实荒唐。"长次郎也叹息道，"不过邻村那家子也未免太轻率了。此事与其他事不同，本该仔细调查鉴别真假，他们却立刻退了亲事。那姑娘实在可怜。想必就是这事逼死了那个容貌姣好的孝女吧。"

"那家子真的太残忍了。"老板娘也鼻酸道，"终究是那姑娘太背运。狐妖的事不知真假。对方到底是小女郎，也不知会做出什么事……"

不管怎么说，小夜之死令人心酸，老板娘极为同情她的遭遇。接着，她又说出了以下事实。原本想要迎娶小夜的是邻村农户平左卫门家的儿子平太郎。此人坚决否认小女郎狐的谣言，坚持要娶小夜为妻，但父亲平左卫门则有些犹豫。古板的亲戚们也出面反对，说此事是真也好、是假也罢，无论如何也不能贸然将有如此不祥传言缠身的女子迎娶进门，不然实在有辱家门，毕竟媳妇的人选又不是只有她一人。在众多亲戚如此的言论下，平太郎无可奈何，只得作罢，但内心并未完全放弃。就在此时，小夜溺水而亡的消息传来。平太郎一心认为小夜之死并非因为割芒草时不慎落水，而是因为亲事告吹。自那之后，他便有些疯疯癫癫的，时而说些拉拉杂杂的话，惹得家里人都很担心。就在两三日前，他还拿着镰刀发疯，说要去杀了小女郎狐，众人费了好大劲才把他拉住。

"这样啊。"长次郎又叹了口气，"那可真是伤脑筋。祸不单行啊。"

"兴许真是小女郎作祟。"老板娘胆战心惊地说，"不仅如此，头儿您大约也知道，庄屋的看守值屋里一下死了五个人，那事也非同小可。"

老板娘的话音未落，正在铺子前啄食饵料的麻雀忽然受惊，扑腾着飞走了。长次郎不经意抬眼一看，只见一名男子正从大朴树背后偷偷溜走。长次郎扬扬下巴指着男子背影，低声问老板娘：

"那男子是谁？是村里人吗？"

"好像是善吉。"老板娘踮起脚看了看，说道，

"是前几日死在看守值屋的佐兵卫的兄长。"

"唔，这样啊。"

长次郎点点头，悄悄走出屋子，再度望向那人的背影。善吉正沉浸在其他思绪中，低着头心不在焉地往前走着。从背影猜测，他应该是个二十四五岁的年轻人。长次郎这才想起曾光寺中杂役银藏大爷说过，善吉并不相信弟弟的横死是狐妖所为。

"老板娘，没想到不知不觉竟缠着你聊了这许久。你可要小心呀，像你这样的中年妇人，说不定哪天也会被小女郎魅惑哩。"

"呵呵，您可真会说笑。多谢惠顾啦。"

长次郎搁下茶钱，离开了茶馆。由于不认识其他村民，他折回代官官邸，在宫坂家吃了午饭，接着去了附近的邻村。他到附近人家暗中打听了一番平太郎的事，得知他这阵子确实有些疯癫，月初至今已离家出走两三回了。由于怕外人说闲话，平太郎的双亲拼命隐瞒此事。但邻居们都心知肚明——平太郎保准是疯了，想想也是，他那样坚信小夜会成为自己的妻子，小夜一死，他还能若无其事吗？

平太郎今年二十岁，平素就是个温和的男人。虽有人认为他只是一时想不开才疯疯癫癫，但大多数人还是觉得，这恐怕也是小女郎干的好事。必定是小女郎看中了小夜，平太郎却试图横刀夺爱，娶小夜为妻，小女郎这才作祟杀掉了小夜，而平太郎也被狐妖附身，失了心智，落得那副狼狈模样。

"因发狂而时不时冲出家门的男子……既然他疯了，就不知道会做出什么事了。"长次郎如是暗自思忖，继而悄悄唤出平左卫门家的佃农，又打听出一条线索：主家之子曾在十三日半夜偷溜出家门到村界河边游荡，让人一通好找，最终带了回来。平左卫门家似乎是当地相当大的世族，古色古香的大门内是宽敞的空地，高大的柿子树上挂满了艳色的柿子，看上去确实是富裕之家。长次郎与佃农聊着，时而觑一眼门内，忽然有一年轻男子不知从何处出现，蹦蹦跳跳来到长次郎面前。

"来，跟我来。咱们去消灭小女郎那畜生。"

长次郎立刻反应过来，他就是平太郎。平太郎接着喊道："不只小女郎，我还要把佐兵卫和六右卫门也杀了。他们是狐妖安插的细作，到处乱说些不着边际的话，让我媳妇成了狐妖的饵料！"

长次郎笑着注视着平太郎那张苍白的脸。

四

当晚,新石下村又发生了一起事件。善吉的妹妹阿德出门为兄长买睡前小酒,归途中在田间小路上被人伤了。善吉、佐兵卫和阿德是三兄妹,阿德还只是个十五岁的小姑娘,最近因失去二哥而郁郁寡欢。是夜,她快步走过幽暗的田间小路时,黑暗中忽然有人如野兽一般冲出来,冷不防抓向她的脸。阿德"啊"地惊呼一声,丢下手中的酒瓶跑了。她好不容易逃进家门,让阿母和阿兄查看了伤口,发现脸颊和脖颈被抓得惨不忍睹,伤口中还渗出了鲜血。

"是狐妖干的,一定是狐妖杀了佐兵卫还不够,这次又来祸害他阿妹了!"

可怕的传闻迅速在村中扩散开来。同样出门买睡前小酒的银藏中途听见这风声,立时心里发怵,正站在路边盘算该怎么办时，冷不丁被人拍了拍肩膀。银藏吓了一跳，仔细一瞧，原来是蒙着头巾的长次郎躲在阴暗处。

"哦，原来是头儿啊。您听说了吗？小女郎又捣鬼了……"

"听说是那样。"长次郎点头道，"不过我有事想劳烦你。今晚可否让我去你那儿借住一晚？"

长次郎凑到银藏耳边悄声说了些什么，银藏连连点头。

"明白了，明白了。那我们现在就走吧。"

"你不是有地方要去？"

"本想去买二两小酒睡前小酌，眼下就算了。"

"这酒算我的，你别客气，快去买吧。"

"还是算了吧。"

"老爷子，你也怕狐妖呀？"长次郎笑道。

"心里总有些虚，况且今晚又没月亮。"

银藏与长次郎一起折回寺院。长次郎被银藏请进他厨房隔壁的小房间，坐在炉子前与银藏闲聊了一会儿。时辰快到四刻（晚上十时）时，长次郎又蒙上头巾悄悄去了黑黢黢的墓地深处。无月的天空撒满了碎星，地上的草叶夜露深重。长次郎矮身藏在高大的石塔背后，静静等待夜深。今晚没有一丝微风，但秋季已过近半，夜晚的寒意袭人，草丛里的蟋蟀声也越发凄凉。

敛息静候了半个多时辰后，远处隐约传来足音，似是有人翻过背后的小山丘，踏着湿漉漉的落叶而来。长次郎将耳朵贴近地面仔细倾听，那脚步声愈来愈近，似乎钻过了墓地的篱笆。长次郎知道，这里的篱笆扎得松松垮垮，只是摆个样子，任谁都能轻易钻过。他借着星光仔细一瞧，一道小黑影如狗一般钻过篱笆，来到一座石塔前。就在此时，石塔背后冷不丁又窜出一个大黑影。

大黑影扑过去，想将小黑影按倒在地。小黑影则拼命挣扎，想要挣开钳制。两道黑影闷不作声地在黑暗中扭打在一起。最终，眼看小黑影已被制伏，长次郎冲出藏身之处，趁机加入混乱的战局，企图先拿下大黑影，谁知那大黑影竟一下抽出旁边的卒塔婆胡乱挥打。小黑影趁乱想逃，大黑影却不肯松手。长次郎打落卒塔婆，硬将大黑影按倒在地，小黑影也一并倒下。长次郎从衣袖掏出哨子放在嘴边吹了两三声，接到暗号的银藏挥着枯枝火把跑了过来。

火光照耀下，两个黑影现出原形，原来是一个精壮的年轻男子和一个瘦弱的小姑娘。银藏错愕叫道："咦，怎么是善吉和阿竹？"

男子正是佐兵卫的兄长善吉，姑娘则是小夜的妹妹阿竹。善吉不信焚烧松叶呛死自己弟弟的是小女郎狐，也怀疑扰乱新墓之人的真身，故而昨夜神不知鬼不觉地潜入墓地，想看看真凶到底是不是狐妖，然而直到天亮也未曾有人悄悄出现。昨日上午，他经过村郊的歇脚茶馆时，凑巧听见茶馆老板娘正和客人聊小女郎狐的传闻，于是躲到铺前朴树后偷听，结果听见了邻村平太郎的事。他对此有了些想法，怀疑焚烧松叶的凶犯是平太郎。于是，为了替弟弟报仇，他决定往平太郎方面调查，结果当晚妹妹阿德就遭人抓伤。接二连三的祸事让他焦躁难耐，故而为了再次刺探真伪，当晚他又潜入寺内，先于长次郎一步埋伏在墓地中，躲在弟弟的墓碑后等待夜深。

长次郎毕竟是内行，熟知如何掩盖足音，因此善吉并未发觉他的到来。但善吉立刻听见了阿竹的脚步声，于是静候她靠近，最终将她制伏。然而，善吉似也没想到来人竟是个十四岁的小姑娘。他错愕地瞪大眼睛，就着火把的光亮怔怔地盯着蹲伏在地的阿竹。

"你来这里做什么？"长次郎先问阿竹。

"来给阿姐扫墓……"

"那为何要钻篱笆进来？"

"因为寺门关了。"阿竹小声但口齿清晰地说。

"嗯，年纪虽小，嘴巴倒是利索。"长次郎笑道，"好，明白了。你跟我来一下。"

他将阿竹带至弥五郎墓前，抽出一块崭新的卒塔婆给她看。银藏随后跟来，高举火把。

"喂，阿竹，把手伸出来。"

"是。"

阿竹毫不在意地伸出自己的右手。长次郎一把将之拉过，压在卒塔婆上。

"人果真不能作恶。你看这隐约留在卒塔婆上的泥印。当初你满手是泥地抓在卒塔婆上，指印就留了下来。我一看就觉得是孩子的手印，果然不出所料。你这丫头，每晚都溜到这墓地来拔卒塔婆，还乱丢花筒吧？来，坦白说。这还不止，你去庄屋的看守值屋里做了什么？"

阿竹又垂下了头。

"快，从实招来。"长次郎紧接着说，"你为何要破坏墓地？我还有其他证据。今天白天我仔细检查过了，这五人的坟墓周围还有小小的足印。饶是你再怎么嘴硬，也赖不掉扰乱墓地的罪名。看守值屋是怎么回事？那事肯定也是你做的。老实招供吧，否则我就要拉你那盲眼的老母去代官所浸水牢了，听到了吗？"

阿竹听罢，"哇"地放声大哭。

"眼下已经瞒不过去了。那些事若真是你做的，还是趁早在头儿面前老实招供吧。"银藏也在一旁劝道。

长次郎暂时将善吉和阿竹带到了厨房玄关的泥地上。一步步审问下去后，发现善吉潜入墓地的理由与他方才说的一样，异常简单，但阿竹偷潜入墓地的背后有着惊人的内情。往庄屋家的看守值屋里堆叠松叶和青辣椒，熏烟呛死连同看守人在内的五名男子的凶犯正是阿竹。小女郎狐的真身竟是一名年仅十四的少女。

阿竹好似明白自己已无路可逃，于是在长次郎面前老实坦白了一切。她是为了帮阿姊报仇才残忍地呛死了五名男子。接到阿姊横死的消息后，阿竹从四里外的主家告假回来。然而盲眼的阿母整日悲叹不已，也不知详情如何，故而年轻的阿竹本也以为阿姊小夜是因亲事告吹而自尽身亡。然而，她在佛龛里发现了阿姊的遗书。母亲眼盲，因此毫不知情，但阿竹立刻发现了阿姊的遗书，拆开一看，这信是小夜写给妹妹的，上头明明白白地记录了她的死因。

原来小夜即将嫁到邻村，惹得几个至今爱而不得的年轻人心中妒忌，便跑到邻村到处散播荒谬的谣言，宣称小夜与小女郎狐行了苟且之事，并且已怀了狐妖的骨肉。这罪孽深重的谣言迷惑了憨厚的村民，几个缺德的年轻人也如愿破坏了小夜的亲事。散播谣言的罪魁祸首正是以七助为首的佐兵卫、次郎兵卫、六右卫门、弥五郎、甚太郎、权十七人。比起亲事告吹，小夜更耻于自己与畜生交合的荒谬谣言，并对此恨之入骨。温顺的小夜觉得自己已无颜面对世人，她没有选择为自己辩解，而是一时钻了牛角尖，觉得不如干脆一了百了。她在遗书上写下七个仇人的名字，嘱咐妹妹一定要为阿姊报仇，然后便自尽了。

阿竹与阿姊不同，生性要强，在读了阿姊的遗书后愤怒得全身颤抖不止。她下定决心，一定不会轻易放过那七个诬陷自己唯一的姐姐，并使她痛苦至极的人。然而，对方个个都是大男人，仅凭她一己之力很难成功复仇，于是阿竹暂且按兵不动，等待时机。之后，阿竹凑巧得知佐兵卫等七人于十三夜聚在了看守值屋里，她便躲在屋外，等待他们醉倒过去。阿竹觉得，仅凭自己的小身板很难一口气刺杀七名男子，立刻想到了旧时有焚烧松叶呛死状如妖物附身的病人的先例。于是，她收集了附近的松叶和青辣椒，趁七名仇敌醉酒之际，将松叶与青辣椒塞入值屋的炉子，来了个如法炮制，意将七人活活熏死。

案发后，阿竹本想径直去代官所投案自首，但一想到家中老母，又迟疑了。若阿姊和自己都死了，那谁来奉养盲眼的阿母呢？如此一想，她又惜命起来，改变主意，打算能多活一日便算一日，趁眼下还无人发现，逃回了自己家中。阿竹偶然想到的焚烧松叶之举歪打正着，让众人以为是狐妖作祟，暗暗松了口气，但内心依旧有一些不安。因此，为了证实此事确是狐妖所为，她三番五次潜入高岩寺扰乱五人的坟墓。她又听说五人的遗属中，唯有佐兵卫的兄长怀疑此事并非小女郎狐所为，于是为了让他相信是狐妖作怪，阿竹埋伏在黑暗的田圃中，抓伤了善吉的妹妹。这也是坐实狐妖作祟的一种手段。失心疯的平太郎则确实与此案无关。

"若我死了，残疾的老母便无人赡养。再者，虽有五名仇敌已然就戮，但还有两人获救。若不将那二人也杀了，我无颜面对阿姊的牌位，这才苟且偷生至今。此番给您添了这么多麻烦，我深感歉疚。"

阿竹坦荡地供述道。

此案该如何判决着实难坏了当地的差役，于是便向江户发了前述提到的"还望示下"征询公文，并在月余之后收到了"御指图书"。江户奉行所裁决，涉案的七名男子皆是重罪。他们散播毫无根据的谣言，并以此逼死了小夜姑娘，所作所为令人憎恶。尤其造谣对方与畜生交欢，实乃扰乱人伦的深重罪孽。已死之人无可奈何，但幸存的甚太郎和权十则当判死罪。

阿竹所为本无可指摘，但她为了掩盖罪证而破坏墓地，更抓伤了无辜之人阿德的脸，此二罪并罚之下，判她逐出故土。考虑到让她带着盲母辗转离乡太过强人所难，因此众村民应该代她终生赡养她的母亲。

如此，此案算是尘埃落定。人生在世，幸与不幸着实难料。甚太郎和权十虽然侥幸逃脱呛烟而亡的命运，但还是难逃官府的审判。他们先被投入大牢，最终被处死。

阿竹则离开村庄，去了水户藩[1]的城下町做事。盲眼母亲则被高岩寺接走，每年从村中领取几俵大米。自那之后，村中小女郎狐的传闻便销声匿迹了。

[1] 水户藩：江户时代位于常陆国的藩，德川御三家之一，领地位于今茨城县中部、北部，藩厅为水户城，即今茨城县水户市。

03

狐与僧

一

"这也是个与狐狸有关的案子，不过这案子是我亲自经手的。"半七老人笑着说。

嘉永二年（1849）秋，江户谷中[1]一座叫时光寺的古寺中传出了一则怪闻，说古寺住持英善和尚不知何时变成了狐狸。此事着实离奇，既然寺院方面如此呈报，寺社奉行所也无法直接骂一句荒谬就不闻不问。

时光寺虽然规模不大，但历史悠久，寺院等级并不低。住持英善今年四十一岁，大约七年前接下住持衣钵，至今未传出任何奇怪风闻。除他之外，

---

[1] 谷中：江户地域名，在旧下谷地域内，位于今东京都台东区。

时光寺里还有二十一岁的勤杂和尚善了、十三岁的小沙弥英俊，以及五十五岁的杂役伴助，总计三人。伴助有些耳背，但为人耿直，深得住持喜爱。

本来这日子过得安安稳稳，没想到竟发生此等怪事，信众自不必说，世人也大为震动。事发前一天晚上，根岸[1]一家旧货铺伊贺屋请住持英善前去做法事，英善便带着小沙弥英俊一同前往。可临近夜里四刻（晚上十时）时，竟只有英俊独自一人返回。据英俊称，归寺途中，师父英善说自己要去一个地方，让他先行回寺，他就与师父分开，独自回来了。

然而住持直至半夜还未归寺，众人心急如焚。伴助多次提着灯笼出外迎接，却迟迟不见英善踪影，众人忐忑不安地度过一夜。隔天早晨，在距时光寺两町左右的无总寺里，习惯早起的无总寺杂役在寺前的大水沟中发现了疑似英善的尸骸，只不过

---

[1] 根岸：江户地域名，位于上野山丘以北，今为东京都台东区根岸一丁目至五丁目。

横尸沟内的并不是人，而是一只穿着法衣和袈裟的狐狸。杂役大吃一惊，立刻报告众人，此事当即引起了大震动。

身着袈裟和法衣的是一只老狐狸，尸体旁落着念珠和一本小小的折页本《观音经》。现场虽然未发现鞋履，但其袈裟、法衣、念珠和经文都与时光寺住持随身携带之物相符，折页本经文内部甚至明确写了"时光寺"三个字，不由得人起疑。再加上英善本人确实至今未归，众人益发坚信此事背后必然有狐妖作祟。唯一的问题是，英善是在昨晚被这只老狐狸骗走衣物和随身物品，还是其实真身早已消失，被这老狐化作人形冒充了身份？没人能轻易解答这个疑问。

据无总寺杂役说，他在那天夜里频繁听见门前犬吠，约莫是化身英善的狐狸被狗群追赶，失足跌落水沟而死。其他人也深感如是。

"原来如此。这么说来，我家住持师父这阵子特别讨厌狗。"时光寺的勤杂和尚说。

勤杂和尚善了与杂役伴助都承认，以前并不讨厌狗的英善一两个月前忽然变得极其厌恶犬类。综合以上事实来看，人类英善应该是在夏末消失，被狐精英善取代，冒充了住持。这事令人想到妖狐白藏主 [1]、茂林寺狸猫 [2] 等传说。众人虽觉此事离奇，但出事的毕竟是一寺之住持，不是稀奇一阵便能了结的。于是，时光寺将事情原委如实呈报给寺社奉行所，后者则展开了调查。

---

[1] 妖狐白藏主：日本传说中的妖狐、稻荷神。江户时代志怪集《绘本百物语》《续武将感状记》等书中均有相关故事。宝塔寺住持白藏主的外甥弥作依靠猎狐皮谋生。附近梦山上的一只老狐因弥作杀他众多子孙而心怀怨恨，故而化作白藏主的模样，带着钱两前去劝说弥作放弃猎人生活。然而弥作很快将钱花光，再去伯父的寺庙里讨钱。于是白狐就先行到达宝塔寺，将真正的白藏主杀害吃掉，再化为白藏主，以白藏主的身份在寺内任职 50 年。后来一次贵族出行狩鹿，白藏主也混在人群中观看，结果其狐的本来面目被猎狗看出，遭到捕杀，死后变回原形，人们方知其为白狐所化。人们恐其死后作祟，建了"狐狸社"加以供奉。从此，狐狸变化的法师，或行为像狐狸的法师都被称为"白藏主"。

[2] 茂林寺狸猫：茂林寺是群马县馆林市堀工町的一家曹洞宗寺院，寺内闻名的"分福茶釜"诞生出了鬼怪故事《分福茶釜》与传说故事《分福茶釜传说》，前者是狸猫变成了茶釜，后者则是狸猫变成了茂林寺的僧人守鹤。

时光寺的勤杂和尚、小沙弥和杂役都受到仔细审问，最先发现那具怪异尸骸的无总寺杂役自然也受到了调查，可差役们未能从他们嘴里发掘出一丝有用的线索。除了住持最近讨厌狗以外，时光寺众人也想不出其他值得注意的事。想着兴许能找到住持的尸骨，众人便挖了时光寺的地板，翻了仓库，还掘了院中大树下的泥地，但别说尸体了，连块像样的骨头都没发现。寺辖的大部分信众家庭也接受了调查，其中也包括事发当晚请住持去做法事的根岸伊贺屋家主嘉右卫门，可伊贺屋也说并未发现住持当夜有可疑举动。

至此，寺社奉行所的差役们无法继续调查下去了。排除了英善在不知不觉中被狐妖所取代的可能后，此案竟再找不出别的解释，于是差役们只好暂时中止案件调查。

二

九月末，接连几日天都阴沉沉的。神田的半七为近邻送葬，一路来到了谷中某座寺院。七刻（下午四时）过后，他出了寺门，先他人一步离开。当他信步往回走时，秋凉的天色渐渐暗了下来。谷中寺院林立，路上冷冷清清，树叶如雨点一般漫天落下。明明天还没黑，森林某处却传来狐狸的叫声，半七忽地想起这阵子众人议论得沸沸扬扬的时光寺一事。他隶属町奉行所，与寺社奉行所并无直接关联。即便如此，出于职业习惯，他依旧非常关注这件怪案。

"无总寺应该就在附近吧。"

他思忖着往前走，看见一个少年正趴在某座寺院土墙边的大水沟旁。少年是个十三四岁的小沙弥，趴在地上伸手似想捞起掉在沟里的什么东西。

半七没有搭理，正想径直走过，却在不经意中抬头看向寺门，见门头匾额上写着"无总寺"三个字，便立即停下脚步。据说化身时光寺住持的狐妖尸体就是在这座寺旁的大水沟里发现的，而这条水沟旁现在正趴着一个小沙弥，好似在寻找什么。半七无法视而不见，便走过去问道：

"小师父，你丢了什么东西？"

小沙弥好似没听见他的问题，依旧一心打捞沟里的某样东西。然而一个十三四岁小孩的手无法够到沟底，他便干脆脱下木屐，准备顺着石堤滑下沟去。半七见状，再次搭话：

"喂、喂，小师父，你想捞什么？如果丢了东西，我来帮你捞。"

小沙弥这才回过头来，可也没回话，就一声不吭地愣着。半七蹲下身子看向沟底，水并不深，几株芒草和秋草从布满青苔的石堤缝里长出，一直垂向水面。越靠近岸边，水面越浅，岸线上微微有湿泥露出。半七张望一阵，忽然瞧见了一样东西。

"小师父，你是想捡那个？"半七指着沟里问。

小沙弥沉默着点点头。这种事半七早已做惯，只见他穿着草履一脚踩在石堤上，一手抓着石缝间的芒草根，身体挂在石堤上，伸出另一只手探进水边淤泥中，最终捡出一个小小的佛像来。佛像高不足两寸（约6厘米），似是某种金属制成，表面发黑，形体虽小，分量却很足。

"你认得这尊佛像？"半七将满身是泥的佛像递给小沙弥，问道。小沙弥恭恭敬敬地接过佛像，捧在自己法衣的袖口上。

"你是哪座寺的？"半七又问。

"我是时光寺的。"

"嗯。时光寺。"

半七仔细打量一番小沙弥，只见他肤色白皙，眼若铜铃，看着就是个聪明伶俐的少年。

"这么说，就是之前住持失踪的那座寺喽？那佛像是你掉的吗？"

"是刚刚在这儿发现的。"

"这么说不是你的。"

小沙弥犹豫一阵，最终还是回答，这应该是属于自己寺院的东西。

"寺里的东西为何落在这沟里？"半七观察着他的脸色，问道。小和尚依旧有些迟疑，紧闭着小嘴微微垂下了头。

半七料定这尊小佛像里藏着秘密，于是追问道：

"听说你家住持死在这沟里。"

"是的。"

"那佛像也落在这沟里，并且你说是你家寺院的东西。那么，它应该是跟着住持师父一同掉进沟里的吧？"

"或许吧。"

"隐瞒可不好。希望你能老实告诉我。"半七微微正色说道，"其实我是町方的捕吏，虽然与寺社方面职责有异，但既然来了这里，就要尽可能查清事实。那天晚上，你家住持是带着这佛像出门的吗？"

听了对方的身份后，小沙弥的态度截然转变，开始详细回答半七的问题。

他就是时光寺的英俊。英善和尚失踪的当晚，他跟随师父一起去了根岸的伊贺屋。诵经完毕，两人一起归寺的途中，师父跟他说要去个地方，就此一去不返，隔日便有人在这条水沟中发现了穿着师父的袈裟和法衣的狐尸。此事实在离奇，他也一直冥思苦想。今日路过这条水沟旁时，他意外发现沟底泥中似有东西隐隐闪着乌亮的光。想来这佛像应是从师父的袖兜中滚落，掉进沟里滑入水中，才一直没被人发现。近日虽都是阴天，可雨水一滴未落。沟里的水渐渐干涸，原本埋在淤泥里的佛像自然而然地重见天日。虽然他不清楚详情，但这尊佛像似乎是寺里的秘佛，从来都郑重保管，据说是很久以前的异国舶来品，里面还藏有一个更小的黄金佛像。据英俊说，他九岁入寺，虽然前后四年间只见过秘佛三次，但这尊佛像看起来真的很像寺里的秘佛。

如此贵重的佛像，住持为何轻易带出寺外？半七着实费解，英俊也想不通。

"可从这佛像看，狐狸冒充住持的事应该是瞎说了。"英俊说，"我最初虽也觉得可疑，可狐狸绝不可能带出这尊佛像，因为狐、狸一类应是惧怕尊贵的佛陀的。"

这解释着实很有佛家弟子的风格。半七虽然确定时光寺住持的真身并非狐狸，但却是基于不同的解释。

"住持他……师父他……"英俊忽然哭了起来。

"喂，怎么了？这是怎么了？"半七伸手搭上小沙弥的肩膀。

英俊郑重捧着异国的佛像，忽而双肩颤动，啜泣不止，眼泪滚落在法衣袖上，也落在佛像的佛首上。

"别哭。我来帮你报这个仇。"半七说，"你必须把自己知道的一切都一五一十地告诉我。这里不是说话的地方，你明天一早来我家。只要去神田三河町打听半七家在哪儿，一准能找到我。"

三

翌日早晨，英俊如约到访，事无巨细地说完师父英善的身世经历之后，起身告辞。半七在他临走之际交代了一些事，接着便整装前往寺社奉行的官邸。

得到寺社方的许可后，他似乎打算展开什么行动，从官邸归来便叫来了小卒松吉和龟八。

"说不定要穿草鞋远行，你们做好这个打算，回去准备吧。"

过了正午，英俊再次到访。

"头儿，安藏寺那三人似乎昨天早上叫了一顶轿子回去了。"

"只有一顶轿子？"半七微微沉吟，"然后呢？那领头的和尚……"

"那个叫昌典的人好像还留在这里。"

"好。那我们立刻就走。只差一天应该赶得上。要是能赶早一天那便再好不过，如今也没办法了。"

半七带着两个小卒立刻启程沿甲州街道赶路。由于英俊认识那些人，半七不得不把他也带上。但一个十三岁的少年脚程大抵跟不上健步如飞的男子，他们几个又急着赶路，于是便雇了四顶轿子，当天晚八刻（下午二时）刚过便出了神田。

急于赶路的四人照面便交代轿夫他们此行是为了缉凶，一个劲催他们加快速度。几人在新宿换了轿子，当晚便急急赶到府中宿场，又于次日晨七刻（凌晨四时）左右离开客栈，乘轿经日野、八王子、驹木野、小佛、小原、与濑、吉野、关野、上原、鹤川、野田尻、犬目、下鸟泽、鸟泽各地，赶了超过十六里路。几个大人也就算了，英俊甚少远行且年岁不大，若中途染恙可不得了。因此每到一个落脚地，半七就给他喝药，小心照顾着。英俊一直精神抖擞，只是一个劲地恳求几人尽早救出师父。

"小沙弥，韧性着实不错。"半七的两个小卒也夸赞道。

晚五刻（晚上八时）左右，一行人到达鸟泽宿场。当日天公不作美，自傍晚便下起细雨。半七等人本计划趁今夜到达下一个宿场猿桥，不料下起了雨，轿夫也已筋疲力尽，因此半七打算在鸟泽宿场过夜，坐在轿内出声道：

"喂，伙计，帮我们找家客栈住下吧。"

"好，好。"

雨势越来越大，也过了入住的时辰，宿场中有些旅店已经关了大门。四顶轿子行至宿场中央，半七眼尖地看见左侧一家小旅店门前也停着一顶轿子。他掀开轿帘往外望去，那顶轿子似乎也是刚刚停在旅店门前，旁边站着两个男人，还有一人进了店里与掌柜商量。半七察觉这三人都是云游僧，立刻让轿夫停轿。小卒松吉和龟八听到半七喊声后，也跟着下轿。英俊也出来了。四人在雨中边打滑边跑，前前后后都跑进了旅店里。

轿旁一位云游僧看清英俊的脸后立刻慌了神，急忙回头看向同伴，而此时松吉和龟八已绕至他们身后。

"恕吾等冒昧，敢问轿中所乘何人？"半七礼数周全地询问道。

两位僧人默不作声。

"那就恕某无礼，要看一眼轿中人了。"

再次礼貌知会后，半七微微掀开盖着一层桐油纸的轿帘，发现里面坐着一位身着白衣的僧人。英俊大哭着跪倒在他面前。

"师父！"

僧人只是动了动眼珠，迟迟没有出声。英俊扯着他的袖子再度呼唤。

"师父！"

这位默然不语的僧人正是时光寺的住持英善。而他一言不发是因为被灌了药，喉咙无法发声。

"故事讲到这里，剩下的也不用多说了。"半七老人说，"要说为何会出这样的事，其实是因为本宗派的总寺那边有了麻烦。用今天的话来说，就是寺院内部分成了总寺拥护派和反对派，两派开始明争暗斗。派系斗争日渐激烈，总寺便派了几个和尚来到江户，试图说服江户的分寺。但众分寺各行其是，结党勾连，闹得不可开交。时光寺住持在反对派中拥有很高威望，并且憋着一股劲，打算实在不行就上奏寺社奉行请求裁决，让总寺很是头疼，想找个法子把他除掉……可他们都是出家人，总不能直接动手杀人，于是就决定先将这位住持带到总寺软禁起来，之后再做打算。出事那天，总寺得知住持晚间要去根岸一信众家念经，便埋伏在归寺途中，强行将住持带到下谷坂本一家叫安藏寺的总寺派寺院里，给他灌了药，让他无法说话。"

"既然这样，那只狐狸就是替身了吧。"

"是的，是的。"老人点头，"一家寺院的住持凭空消失，恐怕会引来非常细致的追查，所以他们就取了住持的袈裟和法衣套到狐狸身上……哎呀，虽然现在看起来，这简直是骗小孩的把戏，但他们当时想想出这法子，估计也是绞尽脑汁了。"

"可那贵重的佛像又是怎么回事？果真是住持带在身上的？"

"无论哪个时代，若要举事纠缠某个问题，都需要相当的财力支持多方运作。时光寺本就是个小寺院，住持又为了反对总寺而多方奔走，日常开支实在捉襟见肘。若事情真闹到寺社奉行跟前去，那又得花一大笔钱财。为了筹措经费，住持便将珍贵的秘佛悄悄带出，打算抵给伊贺屋借些钱财。法事当晚，住持将秘佛装在佛龛内带去了伊贺屋，因为当时在场人数众多，没有机会开口，便暂且踏上了归途。住持实在急需用钱，便在归寺途中让小沙弥先行回寺，打算独自一人折回伊贺屋，不料时运不济，中途中了总寺派的埋伏，身上带的佛龛自然也被收走，住持当时手疾眼快，将佛龛内的佛像悄悄取出藏在了袖中，对方似乎没有察觉。"

"那最后结果怎样？"

"事情到了这一步，已然是个大问题了。"老人皱着眉头说，"最后自然交给了寺社奉行所进行审判。总寺派往江户的和尚总共有十一人，但借宿其他寺的七人与本案无关，免于问罪。宿于安藏寺的四人中，有三人随行护送住持的轿子，一人留在了江户。他们全都被捕入狱，最后有两人死于狱中，两人放逐远岛。时光寺的勤杂和尚善了似乎涉嫌暗中勾结总寺派，最后被逐出寺院。此事若深究下去一定牵扯更大，所以寺社奉行完全没动总寺那边，只处理了江户方面的相关人员便收了场，因此除了前述四人之外没有再治其他人的罪。时光寺住持后来经过治疗，稍微可以说话了，并且仍在时光寺任职。但他在上野战争[1]时藏匿了彰义队的落败武士，最终难以在寺里立足，似乎跑去了京都。英俊是个机灵的小沙弥，他那时跟着师父一同离开，听说现在已成了京都一家大寺的住持。这次的案子，小沙弥可谓功不可没，我也正是因为从他口中知道了总寺拥护派和反对派的争执才找到了查案方向。虽然现在也时有发生，但往昔也是这样，寺院之间时不时发生摩擦，让寺社奉行伤透了脑筋。"

可此事还留有一个疑问：事件发生之前，时光

---

[1] 上野战争：日本戊辰战争中的一场战役，发生于庆应四年（1868）7月4日，交战双方为明治新政府军和彰义队等的旧幕府军。战后彰义队几乎全灭，新政府军则掌握了江户以西的日本。

寺的住持不是突然讨厌起狗来了吗？我说出了心中疑问，老人听罢笑着回答说：

"这和那完全是两码事。由于住持突然讨厌狗，大家才怀疑是狐狸化为住持，随着调查的深入，发现真相其实是这样的。住持是出家人，平时非常爱护动物，但他在发起总寺反对派的活动后，用现在的话来说应该就是精神亢奋了吧，情绪莫名急躁，平素甚为疼爱的狗儿如今也不正眼瞧了，就算狗儿摇着尾巴靠近，他也总板着脸赶走。这时恰好发生那件事，人们才联想起住持不同寻常的举止，琢磨出了些旁的意思来。不光这件事，我们遇到诸如此类的事情时，每每有各种各样的误解和误判。一旦出事，那些放在平时根本无甚稀奇的事情就会被牵强附会得好似别有深意，这一点必须格外注意。虽然查案奉行不轻易放过一根毫毛，但归根结底，若不先着眼全局，然后再一点点细究枝节，就会如刚才所说那样产生严重的误判，以致误入歧途。"

04

京都来的女行者

一

　　我记得，那是明治三十二年（1899）秋天，我去久松町 [1] 的明治座 [2] 看戏，竟在走廊上遇到了半七老人。

　　"哟，您也来看戏？"

　　我向老人打招呼道。老人则笑着点头，我俩站着闲聊了几句便分开了。两三日后，我来到赤坂老人家，打算听听老人的剧评。当时上的戏是《天一

---

　　[1] 久松町：今东京都中央区日本桥久松町。

　　[2] 明治座：前身为江户末年由富田三兄弟在向两国开设的戏剧棚屋，公元1873年时因两国桥畔兴行禁止令而转移至久松町，创建喜升座。初期屡遭火灾后又重建，曾更名久松座、千岁座，直至公元1893年被初代市川左团次收购，更名明治座至今。公元1923年关东大震灾时被烧毁，之后移至日本桥滨町现址。

坊》[1]，初代左团次饰演大冈越前守，权十郎饰演山内伊贺之助，小团次则饰演天一坊。

果不出所料，老人的戏曲造诣颇深，竟在这部戏新上演时就看过。老人说，这部戏于明治八年（1875）春季首次在守田座上演，彦三郎饰演越前守，左团次饰演伊贺之助，菊五郎饰演天一坊，都是些名伶，演得非常好。

"你知道，江户时代无法直接将《天一坊》的故事搬上戏台[2]，因此多用大日坊之类的名字蒙混过去。到了明治时代就不用避讳了，评书先生伯元首先开讲，大为叫座。之后河竹[3]又将之写成歌舞伎剧，又风靡一时，故而如今时常搬上戏台。说来说去，还是首演时最好。哎呀，就是因为老爱说这

---

[1]《天一坊》:《大冈政谈》中的故事之一。山伏天一坊改行自称是第八代将军德川吉宗的私生子，集结浪人作乱，最终被逮捕并斩首。

[2] 江户幕府禁止戏剧演绎本朝事件，故而歌舞伎剧本多将本朝事件挪移时代改头换面上演。

[3] 河竹：河竹默阿弥（1816—1893），幕末、明治前期歌舞伎剧本作者，本名吉村芳三郎，幼名新七，俳号其水。

些，老人家才会惹人厌，哈哈哈——"

再深聊了些戏剧后，话题便转到了天一坊的史实。

"天一坊的故事谁都知道，但江户时代还有许多'女天一坊'。"老人说，"她们毕竟是女子，不会吹嘘自己是将军家的私生子，故而不像男性天一坊那样出名。与女天一坊有关的小案子倒是很多。其中最有名的当属日野家小姐一案。我记得那是文化四年（1807）四月的判决，町奉行所的判决书上写着，犯人是品川宿场客栈老板安右卫门家包雇的侍女 [1]，因此是品川妓馆的娼妓。那娼妓叫阿琴，自称是京都日野中纳言 [2] 家的女儿，轰动一时。公家小姐沦为妓女，当时的人自然觉得奇怪。阿琴在工作时溜出主家，找了浅草源空寺门前町的

---

[1] 新宿、品川等宿场里的妓馆大多以旅店的名义营业，并让妓女以侍女的名义接客。

[2] 中纳言：日本古代官职名，为太政官中设置的令外官。在太政官中相当于四等官的次官。唐名为黄门侍郎，俗称黄门。

男子善兵卫充当家臣，然后自称是日野家小姐，顶着个什么正二位内侍局[1]的头衔四处招摇撞骗。町奉行所得知后，便召来阿琴和善兵卫审问。不过奉行所也非常谨慎，为防差池，便向京都方面询问实情，结果日野家回复完全不知此事，于是阿琴被逐出江户，善兵卫则处铐刑[2]，此案就此了结。不知阿琴为何要冒充日野家小姐，大约是想赖掉品川妓馆的账，同时投机取巧捞些钱，结果失败了，换句话说，就像现在那些伪装成华族[3]诈骗的人吧。此事传遍了整个江户，著名剧作家南北[4]将之与"清

[1] 局：本指皇宫、贵族宅邸中为后宅女官设置的起居房间，后亦指受赐此种房间的女官，或是对有资格在将军家、皇宫中侍奉的贵族女子的敬称。

[2] 铐刑：江户时代刑罚之一，为犯人戴上手铐，视罪行轻重分 30、50 或 100 天刑期，犯人必须定期到奉行所报到，并更新手铐上的封条。

[3] 华族：日本自明治维新后受封爵位的人及其家族，二战后废止。

[4] 此处指四世鹤屋南北（1755—1829），活跃于江户时代后期的歌舞伎、狂言剧作家。

玄樱姬"[1] 融合，写了一出吉田家的小姐沦为千住姣女的戏，结果大受好评。这出戏就是当初在木挽町[2] 河原崎座首演的《樱姬东文章》[3]。哎呀，开场白扯得太长了，我接下来要说的故事发生在假冒日野家小姐一案之后五十余年，我记得是文久元年（1861）九月。"

八丁堀同心冈崎长四郎派人来传唤半七，后者立刻拜访了冈崎府邸。那日早晨淅淅沥沥地下着秋雨。

"天气不好，真叫人头疼。"

"这雨下个不停，秋天就是这样，没法子。"

---

[1] 清玄樱姬：为歌舞伎剧本题材之一，以僧侣清玄和樱姬的故事为蓝本创作的净琉璃、歌舞伎剧的总称。清玄和樱姬的故事脉络为：清水寺的清玄法师因爱慕美丽的樱姬而破戒被杀，其怨念长久附身于樱姬。

[2] 木挽町：曾存在于东京都中央区银座东部的地名，拥有众多歌舞伎剧院，故而亦用于指代歌舞伎剧院。

[3]《樱姬东文章》：四世鹤屋屋南北代表作之一，共七幕九场，公元 1817 年 3 月在江户河原崎座首演。

冈崎望着被雨打湿的庭院，郁闷地说，"对不住，这大雨天的还叫你过来，但有件案子想让你去查一查。前阵子，茅场町[1] 出了个怪人，这事你可知道？"

"是吗？"半七歪头道。

"这阵子怪人层出不穷——光凭这么一句话，想必你一时也猜不出是哪个人。"

冈崎笑了一下，随即又板起来脸。

"那怪人自称是个女行者[2]，年纪很大，但外表是个十七八岁的美女，听说总是弄一些祈祷之类的事。若仅是这样，睁一只眼闭一只眼也就罢了，但她似乎非常无耻。她长得好，又擅长祈祷，这阵子收了众多信徒。听说她会将手头宽裕的信徒拉进房间，也不知用了什么手段，让信徒捐献大量金钱。若只有男子受害，倒可以说她是利用姿色诓骗他人，可受骗者中竟还有女子，甚至有上了年纪的大

---

[1] 茅场町：今东京都中央区日本桥茅场町。

[2] 行者：指佛教等宗教修行人，也称修行者。

爷大娘，这我怎么也想不通。更可气的是，她竟说自己出身于京都公家，是冷泉为清大人的女儿，官名左卫门局。她身着白色窄袖袍服，下穿红色裤裙，梳着垂发，额间缠着紫色绉绸头带，打扮得倒真像个人物。方才也说了，她容貌姣好，风度不俗，乍一看着实神圣庄严。如何，你觉得她是真的吗？”

“这个嘛……”半七歪头思索道，“此事问过京都那边了吗？”

“当然，谨慎起见，已派人去问了。虽还未有回音，但据说京都没有叫冷泉为清的公卿，如此一来也就不用多想，那人十有八九是假冒的。只不过眼下这时局，兴许真是公卿之女因故隐姓埋名也未可知，因此需要调查一番。”

“您所言极是。”半七也颔首道。

如今讨幕勤王的论调正闹得沸沸扬扬，凡可能与京都公卿有关之人都必须严查。尤其她以祈祷为借口大肆敛财，绝对不能听之任之。即便不是为讨幕派筹措军资的大动作，也无法保证她不是在为横行江户的浪人们筹措活动资金。半七认为冈崎的担心不无道理，因此承诺自己将立刻展开调查，然后离开了同心宅邸。

他回到神田自宅，唤来了小卒多吉。多吉听完事情始末后，挠着脑袋说：

"头儿，抱歉。其实那女行者的事，我前阵子也略略打听过，后来也没太上心，谁知竟让八丁堀的同心老爷抢了先。这是我的大失策，这厢给您赔罪了。不过，那一带不是濑户物町 [1] 头儿的地盘吗？"

"濑户物町的捕快这阵子身子很差。"半七沉吟道。

正如多吉所说，若是发生在茅场町一带的事件，由于濑户物町有个资深捕吏源太郎，上头一般会命他进行调查。但源太郎年事已高，这阵子身子虚弱，无法如往昔一般出来查案了。小卒里也没有能干的。想必是因如上情况，这桩棘手案件的调查重担才落到了半七肩上。如此一想，半七不禁觉得

---

[1] 濑户物町：江户町名，如今已废除，原址位于今东京都中央区日本桥室町二丁目一带。

自己肩上的责任越发沉重了。

"多吉，你好好干。不管怎么说，必须先弄清那个女行者究竟在做些什么。你设法追查一下。"

"是，那就让我来显显身手吧。"

由于事件性质重大，又有踏入他人地盘查案的新鲜感加持，年轻的多吉对此踌躇满志，当天志在必得地离开了半七的府邸。然而此事与普通的杀人、盗窃事件不同，追查范围可能很广，因此半七又唤来了线人源次。半七认为，这种事件，差大家都知道底细的小卒去或许不太好办，让在暗中行动的线人去查兴许反而方便。

由于对方自称是京都公卿之女，又是涉及勤王、讨幕之类的重大事件，线人源次也有些迟疑。一开始，他说自己无法担此大任，让半七另请高明，但在半七的劝说下最终答应并离开了。这天，雨一直下到天黑。入夜后天气微微转寒，多吉和源次都没有回来。

"这两人究竟在干什么？不，也怪不得他们。此事对他们来说，担子的确有些重。"

这么想着，半七继续耐心等待。当夜四刻（晚上十时），多吉回来了。

"这雨真是没完没了。"

"辛苦了。我也不绕弯子，你可查到些什么？"半七迫不及待地问。

"虽然还不太够，但也查出了些眉目。"多吉得意地说。

"哎，您且听我说。那个女行者看着确实只有十七八岁，容貌尚佳，风度不俗，还操着京都口音，那架势，确实任谁都会以为她是公卿之女。她建了个阶梯一样的高台，上面立着御币[1]和榊[2]，房间四周挂上注连绳[3]，她自己也拿着御币，边挥舞

---

[1] 御币：又称币束、币，日本神道教祭祀中供奉的币帛的一种，用竹竿或木竿一头夹着两根闪电形状的纸垂制成。

[2] 榊：常绿乔木红淡比的枝叶，常用于供奉神道教的神棚或祭坛，与日本扁柏、日本柳杉并称为"神树"。

[3] 注连绳：又称标绳、七五三绳，是一种用稻草织成的绳子，为神道信仰中用于洁净的咒具。大小相差可以很大，有些绳子光直径就有数米，通常与纸垂一起使用。注连绳多数见于神社，能辟邪，有时在神社树干上也能见到。

边做些祈祷动作。"

"她都做哪些祈祷法事？"

"还是家运隆昌、疾病得愈、寻回失物之类的，简单来说就是世上寻常的行者祈祷，再混杂一些问卦占卜之类的东西，听说十分灵验，盲信之人甚多啊。据说每日有五六十人蜂拥而来，收入应该相当可观。虽说祈祷费是信徒看着给，但有些人一个人就捐个两三分金子，着实厉害。"

"这些先按下不提，我听说那名女行者会将信仰虔诚的信徒拉进里屋，做些什么秘密祈祷，让信徒捐赠大量钱财？可有此事？"

"好像有。"多吉点头道，"但那女行者恐吓信徒，说她行的是秘法，若贸然与外人讲述，当事人便会在一年之内殒命，因此谁都不肯讲得明白。再者，行秘法时都在半夜，那女行者还说当事人若被他人知晓了身份，秘法就不灵了，因此信徒若要请求行者进行秘密祈祷，都会在半夜三更蒙脸或乔装打扮，偷偷自后门进出行者住所，让人分辨不出来者是谁。那女行者，倒是想得周到。"

"嗯。"半七又陷入沉思，"此外，可有浪人打扮的人出入？"

"这倒没听说。"

"那名女行者家中，除她本人之外还有谁？"半七问，"可有弟子之类的人？"

"有个五十多岁的男子和一个十五六岁的小丫头，此外还有两个做饭的女帮佣。据说厨房帮佣是前阵子刚雇的乡下人，祈祷事宜都由那个男子和小丫头操持。"

多吉的报告只有这些。

二

翌日一早，源次来了。

"头儿，多吉那头可查到什么新鲜事？"

"有些眉目，但也不知算不算新鲜。你这头如何？"半七马上问道。

"我这头眼下也没查出什么特别的，唯独有一件事颇为古怪。茸屋町有家大纸铺，叫炭团伊势屋，据说几代前的祖先是经营木炭铺的，因此如今世人仍称它为炭团伊势屋。他们在自家地皮上建有租屋，听说家业颇大。他们家的儿子这阵子似乎有些失心疯……伊势屋的少爷叫久次郎，今年二十岁，据说长得酷似河原崎权十郎[1]，因此得了个

---

[1] 河原崎权十郎：歌舞伎剧名家称号之一，号山崎屋。文久元年前后在世的应该是初代河原崎权十郎。

'权十郎少爷'的诨名。有些轻佻的姑娘为了见他一面，会特地大老远赶来伊势屋买一贴半纸 [1]，所以铺子生意极为兴隆。但他们家儿子自从去过女行者家后，好像就有些不对劲了。"

"他们家儿子也去做祈祷了？"

"久次郎的阿母自暮春时便得了怪病，一直缠绵病榻。久次郎听说茅场町有灵验的行者，便去见了一面，回来就不对劲了。"

久次郎也被世间传闻蛊惑，最初半信半疑地带着母亲阿丰去了。那貌美如神明的行者看了阿丰一眼，就说是古怪野兽作祟，只要自己进行祈祷，一定能让她恢复如初。久次郎信了，便请行者作法。行者让阿丰坐在神坛前，做了一场庄严的祈祷仪式，结果效果显著。阿丰第二天便神清气爽，大约七日后便恢复了原本的健康体魄。光此事便足以使伊势屋一家虔诚信仰，伊势屋也送了大量供品献于

---

[1] 半纸：长 35 厘米、宽 25 厘米的八裁日本白纸。一贴为 20 张。

神前。久次郎尤其尊崇美丽的行者。

某次他去送供品时，行者全神贯注地盯着久次郎的脸说：

"命运弄人，你也与你阿母一样，被同一个妖物缠上了。趁祸事未至，先作法将祸源被除如何？"

极其尊崇行者的久次郎自然不可能有异议。他当下请求行者为他祈祷，行者便让他头七日每天来访。久次郎自然遵照指示。头三日是白天前往，自第四日起，他便被请入里屋进行秘密祈祷，故而转为半夜前往。然而，七日过后，他的祈祷仪式并未结束。行者又让他再行七日祈祷，久次郎仍旧遵从。他每晚都去行者家中，从无缺席。

信仰行者的伊势屋对于久次郎日日拜访行者的行为毫不起疑，母亲阿丰甚至鼓励他前去。如此，久次郎连续参谒七日后又参谒了第二个七日，接着又是第三个七日、第四个七日。至此，铺里的掌柜终于有些不安了。母亲阿丰的病只需祈祷一次便痊愈了，可儿子久次郎的病眼下毫无症状不说，为何祈祷了这么多日仍未能被除？尤其还在半夜三更里持续进行秘密祈祷，这一点着实古怪。大掌柜重兵卫不动声色地提醒了阿丰一番，可信仰甚笃的阿丰完全不听。伊势屋的男主人五年前便已去世，如今是遗孀阿丰负责匡扶独子，执掌这家大铺子。故而只要她对行者深信不疑，久次郎的祈祷也没发生问题，其他下人自然无法强加阻拦。此后，久次郎依旧前往行者家，供品也只由母子二人商议捐赠，铺上的人一概不知。据掌柜们估计，这一个多月里，母子二人大概已送去两三百两了。

这期间，久次郎的举止越来越奇怪，最近更是终日心神不定，这会儿还坐在店里，一不留神他就又晃出门，不知上哪儿去了，整个人就跟丢了魂一样。"权十郎少爷"的脸色也变得十分苍白。

"正因如此，铺上的伙计、学徒都在传少爷疯了。"源次说明道。

"嗯，或许真疯了。"半七微笑道，"对方不是个容貌绝美的行者吗？"

"正是，正是。那厢是年轻貌美的行者，这厢则是'权十郎少爷'嘛。"源次笑道。

可半七无法一笑置之。若此案仅是如此，问题倒是异常简单。既然那个可疑的行者牵扯到了勤王讨幕、公卿之女等大背景，半七也无法贸然出手捉拿她。一旦打草惊蛇，即便成功将她本人捉拿归案，若让她的同党逃之夭夭，此事也便等同于徒劳无功。如此，半七必须小心部署，想方设法将他们一网打尽。半七命源次每晚去茅场町一带盯梢，探查那些出入祈祷所的人。

当天傍晚，多吉再度来访。

"头儿，实在查不出什么有用的线索。那女行者只说自己是女官，是公卿小姐，没有透露姓名。五十来岁的男家仆好像叫式部，应该是京都人。十五六岁的小姑娘叫藤江，也长得极漂亮，不知是行者的胞妹还是亲属。厨房的两名女帮佣分别叫阿由和阿庄。她们只负责做饭挑水等粗活，好像不知道个中隐情。"

"还是昨晚那个问题，除了请求行者祈祷的信徒外，有没有旁人出入祈祷所的迹象？"半七再度追问道。

"我也觉得那是关键，因此跟左邻右舍仔细打听了一番，又趁女帮佣阿由外出时抓着她不露痕迹地查探了一下，结果好像完全没有旁人出入行者家。"

"大约有多少人曾半夜来祈祷？"

"听说这一个月来一个人都没去，但并非没人委托，据说是行者身体抱恙，拒绝了所有夜间祈祷。唯独一人每晚都来，雷打不动。"

"纸铺的儿子？"

"啊，源次那家伙已经打听出来了？不容小觑啊，那小子。"被源次抢了先，多吉有些讪讪，"看来纸铺儿子的事，头儿大抵都知道了。"

"总之，你说说看吧。"

多吉的报告与源次无甚差别，接着又说纸铺的久次郎一定是中了美人计，被卷走了大量祈祷费。

"约莫是了。此事任谁都会如此判断，难办的是行者的同党。"半七说，"我寻思他们大抵是假装委托行者进行祈祷，乔装打扮前去行者居所的。可这阵子他们完全不露面，这就无可奈何了。若要抓行者等人，随时可以动手。眼下先不要打草惊蛇，你多加留意来访的外人。"

多吉应下差事便离开了。

又过了半月左右，多吉和源次都未能取得多大进展。两人的报告总是一成不变，每次都说入夜后出入行者家的除了纸铺的儿子外再无他人。行者家中也是，除出门置办物什的婢女外也未曾有人外出。

"半七，怎么了？以你的效率来说，此次进展有些缓慢啊。"

八丁堀同心冈崎时时催促，让半七万分焦心。事到如今，没别的法子，只能先将行者一家统统抓来狠狠敲打一番，逼他们坦白了。如此，半七开始暗中安排此事，谁料在池上本门寺举行会式[1]的前一天早晨，多吉神色慌张地冲了进来。

"头儿，听说纸铺的儿子两三日前失踪了！"

---

[1] 会式：佛教各派在本门祖师圆寂之日连带举行的大法会。日莲宗各派的会式一般在日莲上人忌日 10 月 13 日前后举行，其中以池上本门寺的会式最为著名。

"行者呢？"半七立刻问道，"不会和纸铺儿子私奔了吧？"

"行者还在家中，但她家那个叫式部的男仆似乎为此事去和纸铺谈判了。"

多吉话音未落，源次也来了。

三

此次事件中，多吉总是被线人源次抢先一步。源次除多吉的报告内容之外，还打听到了纸铺儿子失踪的内情。

据源次说，昨日过午，男仆式部造访炭团伊势屋，向老夫人阿丰提出严正抗议，说她的儿子久次郎对小姐做出了无礼之举。式部正色厉声道："久次郎公子因被古怪兽类附身，每夜进行秘密祈祷以祓除之，此事老夫人自当清楚。原本祈祷七日便能祓除祸端，奇怪的是，此次祈祷竟丝毫不肯奏效。此后，祈祷仪式又进行了第二个七日、第三个七日，甚至第四个七日，依然无法灵验。鄙人百思不得其解，此次终于知晓了缘由。祈祷无法奏效，是因为当事者久次郎公子内心污浊。他每夜雷打不动地来访并非因为发自内心的信仰，而是贪图小姐的美色。事实上，就在昨夜祈祷的休息期间，他对小姐提出了猥琐至极的要求，简直是荒谬至极、岂有此理。

"小姐自然没有理睬，只用手中的御币迎面打了他一下，随即一言不发地回了里间。鄙人得知此事后，立刻进入现场，严厉训斥了厚颜无耻的久次郎，拎着他的后衣领将他丢了出去，并勒令他此后绝不准再来。虽不知久次郎公子如何辩解，但事实即是如此。他想亵渎小姐，便等同于想亵渎神明！如久次郎这等荒诞无耻之徒，我等本不该再与之来往。今日只为将此事正告老夫人，求个说法，这才勉强前来。"

阿丰意外听闻如此控告之词，吓得几乎神魂俱散。尤其她无比尊崇那位尊贵的行者，她在对儿子的卑劣行为感到极为羞愧的同时，更是感到惊恐万分。她以头叩地，战战兢兢地叠声为儿子的罪行赔礼道歉。为了逃避即将落在自己母子身上的神罚，阿丰再次祈求行者进行谢罪祈祷，更拿出二百两祈祷费用摆在式部面前。式部本不肯轻易收下，最后答应在请示小姐的意思之前，由他暂为保管，于是收下二百两金子离开了。

式部回去后，阿丰立刻唤久次郎入内。原本一如往常恍恍惚惚坐在店中的久次郎来到母亲面前接受了责问，可他的答辩含混至极。对于妄图亵渎尊贵行者的指控，他没有坚决否认。母亲阿丰越发悲叹，言辞恳切地告诫他神罚的恐怖之处，泪流满面地教导他今后一定要洗心革面，被除纠缠在身上的祸端。久次郎一声不吭地乖乖听着。

日落后，久次郎如往常一般不知何时荡出了门，直至深夜都没回家。伊势屋十分担心，谨慎起见遣人去向式部打听，结果对方说自昨日起便再没见过久次郎。久次郎当晚并未归家，到了翌日早晨仍旧不见踪影。伊势屋的众人越发感到坐立不安。式部的诘问被阿丰埋在心里，没有向铺里人声张，但事到如今已隐瞒不下去，她便召集各大掌柜，坦白了这个秘密。掌柜们虽无法确定究竟发生了何事，但一致认为，少爷恐怕是对自己的浪荡行为感到后悔与不齿，自觉无言面对世人，离家出走了。

然而，久次郎若真是因此而离家出走，他的安危就更加令人担心了。阿丰开始如疯了一般大吵大闹。她立刻跑到行者的祈祷所，请她占卜久次郎的去向。掌柜重兵卫则跑去找了濑户物町的源太郎，请他暗中追查此事。此外，伊势屋又遣人前往各位亲朋家打听少爷的下落。

半七听完汇报，端正坐姿说：

"如此看来，现在必须放手一搏了。伊势屋的掌柜去找了濑户物町的头儿，那头若跳出来插手就麻烦了。"

"即刻动手吗？"多吉问道。

"嗯，立刻动手。要抓的人是那个行者，那个叫式部的，以及那个叫藤江的女人。总之先把他们三个抓来。不，就算与此案无关，也不能让那两个女帮佣逃了。里头或许还藏了其他人。源次不能公然出面，光靠多吉一人或许抓不过来，把善八也叫上。"

"只叫善八就够了？"

"应该够了。对方到底是女人，太多人一窝蜂

117

闯进去会遭人耻笑。"

多吉立刻去找小卒善八，源次则再度前往炭团伊势屋打探后续情报。上午四刻（上午十时）过后，半七换好衣服离开神田自宅。这日阳光明媚如春，是个连会式樱[1]也不禁开花的暖天。

半七中途买了些东西，又做了些其他准备后来到日本桥茅场町的祈祷所。虽不知以前是谁的住处，但如今似乎新立了门柱，上面挂着"神教祈祷所"的门牌，玄关前也拉上了注连绳。六叠有余的玄关挤坐着十四五名男女，坐不下的人则只能挤在门口踏板上。半七也安安静静坐下排队等候，后头又陆续进来了五六人。小卒善八也一本正经地混在其中。当然，他没有回头看半七，似乎正在和身边人小声交谈些什么。

由于每个人的祈祷或占卜时间都很长，半七已等了大约一个时辰，依旧耐着性子坚持等候。前面

---

[1] 会式樱：花期在10月份的一种樱花，因其于10月日莲上人忌日法会前后开花而得名。

的人一出来，后面就有人立刻补上，故而玄关处一直有十四五人等着，看来这位行者确实深受欢迎。这么想着，半七终于排上了号，被人正面引入了祈祷所。

　　祈祷所是个十五六叠的房间，其中摆设与多吉的报告一致，正面挂着垂帘，亦装饰有神镜、榊、御币等物。用白纸包好的丝绸、卷纸、鸡、蔬菜、点心盒、红白糕点等疑似信徒所赠供品的东西在房内四处堆叠如山。年轻貌美的行者坐在蒲团上，双手捧举御币。其下首不远处端正跪坐着一名五十余岁，梳着总发[1]，恰似京都武士打扮的男子，白色裤裙上还别着一把武士刀，想必就是那个式部了。许是身处神前心怀敬畏，式部一直垂着头，但半七发现，他时不时会抬起锐利的眼睛注意四周。

　　"请您上前。"式部徐徐说道。

　　"失礼了。"

---

　　[1] 总发：没有剃掉头顶头发，只将所有头发束在后脑顶部位置的男子发型。

半七恭敬地点头致意，走上前去，抬头直视行者的脸时，又发现她身旁还有一名年轻女子侍坐。女子身穿白色绢制窄袖袍服，下身也穿着白色及踝裤裙。半七立刻明白她大约就是藤江。

藤江也是个颇有姿色的少女，但坐在主位的行者更加美丽。女行者体态轻盈，看上去非常年轻，报告称她只有十七八岁，那恐怕是世人被美色所惑，实则应当已有二十，甚至二十一二岁了。她脸上涂着厚厚的白粉，点着浓浓的黛眉，白色窄袖袍服外罩一件水蓝色狩衣[1]。手下人虽汇报说她下穿红色裤裙，但今日穿的是白色。一切应对都由式部负责，她一言未发。

"阁下可是要请小姐进行祈祷？"式部问。

"是。"半七再度低头谦恭道，"其实我阿母自去年起便似被邪物附身，时常胡言乱语，令人头疼

---

[1] 狩衣：原本是打猎时所穿的运动服装，袖子跟衣服的本体并没有完全的缝合，方便活动。日本平安时代之后成为公卿的便衣，后亦成为武士的礼服。明治时代以后成为神职人员的正式服饰。

至极。"

半七嘴里说着希望行者为阿母驱赶妖邪，双手毕恭毕敬地奉上一个带有托盘的原色木盒。从木盒的形状来看，里头大约是一匹白绢。式部颔首致谢，接过木盒，先往行者眼前一送。行者拿起御币往盒子上一扫，接着扬起下巴示意将之供于神前。式部心领神会地照做了。

"如您方才所闻，行者可愿为此人之母祈祷？"式部再度询问行者，后者依旧一言不发地点了点头。

"如此，还请您近前来，不必客气……"

式部以下巴示意半七道。半七点头致谢后膝行向前。行者的衣物上似熏了香，有一种兰花混合麝香的好闻气味扑鼻而来。

四

行者看了半七一眼，又回头望向式部，似在问些什么。半七开口道：

"不，每次都劳您转达反而容易误解我的请求。若行者有什么想问的，我可以直接回答。"

"不可。如此对于行者太过冒犯。"式部拒绝道，"双方所问所答，皆由在下从中转述。请问令堂今年贵庚，生于何年？"

"阿母今年六十，狗年生人。"半七回答。

"平素可有宿疴？"

"倒也无甚特别的，只是从两三年前起偶有腹痛。"

"原来如此。那么，现在开始祈祷。"

式部似催促般看着行者，于是行者重整姿势，面对神龛。此时，半七再度开口：

"恕我无礼，还请各位在进行祈祷之前，先查看一番我的供品……"

"你说什么？"式部眉心微皱，"要我等先查看供品？"

"请。"

行者不发一语。式部立刻起身，取下先前供在神前的原木盒打开一看，随即骇然变色。半七默默观察他的神情。出乎意料的是，他竟语气沉着地问："商家，这是何物？"

"如您所见。"

"你为何呈上此物？"式部盯着盒内的东西问道。

行者也偷觑了一眼，同样脸色大变。侍坐一旁的藤江也抻着脖子看了一眼，亦是惊得浑身一抖。半七供于神前的盒子里装着的，赫然是一双沾满泥土的旧草履。

"你说你母亲被妖邪附身，我看你也被妖邪附身了！"式部的声音越发尖锐，"你是故意来捣乱的，还是另有隐情？无论如何，此举都荒诞至极！

趁神罚还未降下，速速离开吧！"

"多谢您的斥责，在下诚惶诚恐。"半七冷笑道，"然而，我听说那边的行者大人是位能看透一切的尊者。既然是如此神通广大之人，我想，应当自一开始便知晓那盒子里是何物了吧？"

式部顿时语塞。

半七继续说道："然而如各位所见，她不揭开盖子便不知里头装了什么。行者的本领都不过如此，看来这儿的人难说是什么货色。"

"不，我明白了。"式部立刻软下了语调，"关于此事，我想请您详谈，绝不会占用您多大工夫，还请您随我到里屋一叙。"

"承蒙相邀，但恕难从命。我不去里屋，倒要请你跟我到外边去。"

"有话好说，总之请先去里屋……这里说话不方便。"式部再三邀请道。

"啰唆！让你出来你就乖乖出来！"半七踞坐起来说道，"不只是你，那边的行者大人和巫女也一起给我出来！"

"你无论如何都要我们出去？"式部微微摆出架势说道。

"啰唆！立刻出来！都给我站起来！"半七伸手探入怀中，摸索捕棍。

屋内剑拔弩张的气氛自然而然传到外头，等在玄关处的人也议论纷纷，其中也有人站起身悄悄窥探屋中情况。善八拨开人群，大步流星来到神龛前。

"头儿，怎么办？要把他们绑起来吗？"

"瞧他们也不肯乖乖跟我们走，看来再麻烦也得让草垫扬扬尘了！"半七说。

话音未落，式部一下抽出腰间佩刀朝半七丢过来，起身快速踢倒里头的拉门逃窜。半七紧追而上。此类歹徒多惯于故意掷出手上兵器，想必是想让对方放松警惕。半七小心提防着往里追去。式部逃入里屋八叠间，正要打开里头唐柜[1]的箱盖，被半七从背后一把擒住手臂。式部挥手甩开，抽出藏

---

[1] 唐柜：由中国传到日本的四脚或六脚木箱。

在怀中的匕首，拼死一刺。警惕的半七躲开刀锋，用捕棍打落了对方的匕首。

式部在唐柜前被捕时，女行者也已被善八拿下，小姑娘藤江自然也老老实实地被带走。绕到后门的多吉让两名女帮佣带路，从壁橱到地板底下统统搜查了一遍，并未发现有其他人藏匿于此的痕迹。

当日傍晚，久次郎的尸体漂浮于品川海面，被渔船发现。

女行者并非公卿之女，自然也不是冷泉家的小姐。她的母亲在公家伺候，与同在公家任职的某位武士成婚，生下了阿万和阿千两个女儿。大约六年前，夫妇二人罹患疫病，几乎同时去世。无依无靠的两个姑娘由父亲的同僚式部收养。之后，式部又犯事被逐出了宅邸，他便带着两个貌美的姑娘来到关东谋生。在来江户途中，他无意中想到了祈祷所的点子。

式部在加茂神社[1]有熟人，对祈祷、袚灾之事略有耳闻目睹，加之原本的主公精通易学，因此式部对此道也学得一点皮毛。式部以此作为谋生手段，在江户正中央挂上了祈祷所的牌子，但又觉得自己亲自上场难以赢得众人的信赖，故而便将两姐妹中的姐姐阿万打扮成修行者，自己则在背后巧妙地操控一切。为了进一步敛财，他利用自己熟知公卿生活知识的优势，随意编造谎言，大肆散播阿万是冷泉家小姐的风声，式部自称小姐的家臣，妹妹则化身贴身侍女。如此胆大包天的计划获得了意料之外的巨大成功，完美地蒙蔽了极端迷信的江户人。然而就在此时，他们遇到了一个障碍，那便是炭团伊势屋的儿子来请行者为母亲举行祈祷仪式之事。

若只是为他母亲做了场祈祷，那倒不会有事，但知晓伊势屋是富裕之家后，式部教唆阿万引诱久

---

[1] 加茂神社：即贺茂神社，京都的贺茂别雷神社和贺茂御祖神社等两所神社的总称。

次郎。久次郎最终上了钩，但并非单纯因为信仰。式部亦隐约察觉到他的心思，便用种种借口从他手中骗走了不少香火钱。

光是如此还好，也算正中式部下怀，岂料随着时间的流逝，阿万竟也渐渐受"权十郎少爷"吸引。察觉此事的式部一下慌了，因为这意味着两件事。首先会妨碍生意。尊贵的行者与信徒相恋，此事一旦泄露出去，他们便会立刻失去江户众人的信赖，这是毋庸置疑的。再者，失去妻子多年，一直过着独身生活的式部早在来江户的途中便把阿万据为己有了。这位对外宣称是冷泉家小姐的美丽行者，实则已沦为式部发泄色欲与贪欲的工具。由于隐藏着如此秘密，第二个理由更令式部害怕。面临威胁的式部，对久次郎萌生了一股无法抑制的嫉妒与憎恶之情。他擦亮双眼，严密监视着二人的举动。

由于式部的监视滴水不漏，即便在半夜的秘密祈祷仪式上，阿万与久次郎也没有机会亲密地促膝长谈。即便如此，两人的心仍旧越发炙热，越发心心相印。这一切都被式部看在眼里。他一边训诫阿万，一边谋划赶跑久次郎的方法。虽然多钓他一天便能多骗一天的钱，但式部已无余力再打这种算盘了。他已下定决心，不论牺牲多少利益，他都必须撵走久次郎。

　　此外，他还想出了一个天衣无缝的计谋。他悄悄前往伊势屋，向久次郎的母亲提出严正抗议，控告久次郎觊觎行者，妄图玷污她。笃信行者的母亲阿丰惊恐不已，完全中了式部的诡计，白白让他骗走二百两金子并全身而退。久次郎受母亲训斥时之所以没有明言证实自己的无辜，也是因为他问心有愧。即便遭式部威胁，受母亲训斥，早已醉心于美丽行者的他，灵魂已寻不到其他安放之所。日落后，他悄悄来到祈祷所，想要追问今日抗议之事，但遭到式部阻拦，没能进屋，自然也未被允许与行者见面。式部以传达行者口谕的口吻拒绝他道："如你这般内心污浊之人，祈祷亦无用。"久次郎说自己想当着行者的面忏悔，式部依旧不许，还说这一切都是行者大人的意思，最后将久次郎赶了出去。吃了闭门羹的久次郎没有回家，也不知之后去了哪里，只是溺亡后凄惨的尸体漂浮在了品川的海面上。

式部的供词便是如此，阿万和阿千的供词也与他相符，其中毫无八丁堀同心和半七等人暗中怀疑的勤王、讨幕阴谋的迹象，之前的忧虑不过是杞人忧天。正如最初所说的那样，他只是一个假扮公卿的骗子，而当局竟被此等骗子所惊，立刻以惊疑不安的目光审视这件事，足见幕末当局者心中的惊惶。

据式部供述，这种骗局终究无法长久，因此他本打算等攒够一万两金子便回到京都购置田地，安乐地度过余生。他眼下已存了大约三千两，都藏在里屋的唐柜中。这些钱财最终都被没收。若只是诈骗案件，他们或许只会被赶出江户，但由于此案牵扯到了伊势屋的少爷久次郎的死，故而罪责不轻。

式部被执行死刑。

阿万和阿千则被逐出江户。这对美丽的姐妹花后续命运如何，无人知晓。

05

妖银杏

一

那阵子我工作相当繁忙，经常三四个月也没法去一次半七老人家，偶尔心血来潮忽然拜访时，老人也如往常一般满脸笑容地迎接我。

"怎么？有阵子没见你了。难道是工作忙？忙点好啊。年轻人可不能总和老年人待在一起。不过人嘛，年纪一大就总爱亲近年轻人。出入我这儿的年轻人就只有你一个。我儿子也四十岁了，有时会带孙子过来，可孙子又年轻过头了，哈哈哈——"

实际上，造访老人的都是些与他年岁相近的老年人。老人某次曾落寞地感叹过，说旧友们都逐渐离世了。不过，某年小年夜，我拎着个不值钱的点心盒造访赤坂老人家，算是为自己的久疏问候致歉，也兼作年末问候。我到达老人家时，恰逢老人在门口为两位客人送别。客人是衣着十分讲究的一位老人和一位年轻男子，主客双方客气地话别。

"来，进屋吧。"

老人送走客人后，随即领我进入房中，平素便精神矍铄的老人今晚似乎更有劲头了，一见我的脸便笑着说道：

"方才你见到的那两位是我的老朋友。年长的叫水原忠三郎，身旁的年轻人是他儿子。由于横滨与东京离得远，我们无法经常见面。即便如此，他们也没忘了我，每年总会来看我三四次。眼下虽已是年末，他们还是来了。我们从中午一直聊到了晚上。"

"啊，原来是横滨来的，难怪我觉得他们打扮得很时髦。"

"对，对。"老人自豪地点点头，"如今他们生意做得大。水原的父亲比我小个七八岁，但身子骨一直很硬朗，好得很。想当年他也在江户……对了，关于他呀，还有这么个故事呢。"

不等我诱导话题，老人已主动开口，聊起了自己与横滨商人水原的往事。

文久元年（1861）十二月二十四日，本乡深
川宿[1]的旗本稻川伯耆府邸遣人来到日本桥通旅笼
町[2]专售各种茶叶、茶具的河内屋十兵卫店中。稻
川是年俸一千五百石的高官，此番他的管事石田源
右卫门亲自跑了一趟，河内屋也不敢怠慢，立刻将
他引入里间。主人重兵卫出来迎客后，源右卫门压
低音量说道：

　　"我此次前来不为别的事，只是想与家主您打
个商量。"

　　稻川府上有一幅狩野探幽斋[3]所绘的大挂轴，

---

　　[1] 深川宿：江户时代将幕臣深川金右卫门宅邸附近的
区域称为"深川宿"。此处在江户时代是中山道的人、马休
息站，故称"宿"，位置大致在今东京都文京区本乡六、七
丁目和弥生一丁目区域。明治以后，这片区域发展为以东京
大学为中心的住宿区，故而俗称"大学前"。

　　[2] 旅笼町：江户时期町名，与日本桥大传马町、小传
马町相邻，今已编入东京都中央区日本桥大传马町。

　　[3] 狩野探幽斋：狩野探幽（1602—1674），江户时代
初期狩野派画师，出生于日本京都，后长年供职于德川幕府，
36岁前后落发为僧，法号探幽斋，俗名守信。他充分借鉴中
国绘画手法，精心创造，影响日本画坛多年。

是幅妖鬼图，在府中几乎作为宝物秘密珍藏。然而最近府上因有不得已的事由，想以五百两金子的价格出售。河内屋是与各大府邸皆有来往的富商，尤其家主重兵卫极其钟爱书画，听了管事这番话后便心动了。但重兵卫也不能只凭自己的意愿做主，便决定先与铺上掌柜商议过后再登门拜访，请源右卫门先行回府。

"由于事情紧急，我想请各位尽量在今夜之内答复，不知可否？"源右卫门临走前问道。

"明白了。我等最迟傍晚时分定会登门拜访。"

"那便有劳了。"

与家主议定之后，源右卫门便离开了。重兵卫立刻召来各位掌柜商议。他们也都是商人，一说要豪掷五百两巨款购买探幽斋的一幅挂轴，全都强烈反对。无奈主人甚是迷恋那件画作，众人商议后，最终决定若能将价钱砍下一半，变为二百五十两，买下也无妨。由于对方急于出售，必须即刻遣人登门回复，众人便将此事交给了小掌柜忠三郎。正当忠三郎准备出门之际，重兵卫又将他唤回，窃窃私语道：

"我们将对方珍藏之物狠压至半价，也不知他们肯不肯答应。万一他们不肯，你至多可出价三百五十两。此事务瞒着其他掌柜，多出的一百两我支给你，你到时随机应变。此番就看你的了。"

忠三郎将家主暗中支给他的一百两与明面上的二百五十两装入钱兜带中，疾步赶往深川宿。忠三郎见到管事，首先提及压价之事。源右卫门听罢皱眉说道：

"即使是商人，一下砍到半价也未免过分了些。但不知主公作何想法。容在下先去问问主公的意见，劳您在此稍候片刻。"

约莫半个时辰后，源右卫门终于出现了。他说自己方才与主公仔细商讨之后，认为实在无法以半价成交。由于府上所遇事态紧急，只好姑且让价，但并非半价出售，而是将挂轴作为二百五十两金子的抵押物，暂时交由河内屋保管，并约定以五年为期，稻川宅邸将在第五年时在本金之外附上二十五两一分的利息将画轴赎回。届时万一府邸未能赎回，那便可将挂轴视为绝当。管事希望河内屋能以如此条件成交。

忠三郎深思熟虑了一番。他认为自家做的并非当铺生意，以探幽斋的挂轴为抵押借出二百五十两金子其实有些为难。然而主人如此恳切地想要那幅挂轴，自己也不忍空手而归。忠三郎左思右想之下，最终还是决定答应。

"提出如此无理的要求，实在抱歉。如此一来，主公满意，在下身上的重担也算卸下了。"源右卫门十分欣喜。

忠三郎付了二百五十两金子后便欲告辞，源右卫门极力挽留，还让府邸为忠三郎准备了晚饭。源右卫门以东道主的身份向忠三郎劝酒。酒量尚可的忠三郎不由得多喝了几杯，直至听见傍晚六刻（傍晚六时）的钟声才惊讶地起身。

"此物贵重，归途中还望多加小心。"

源右卫门叮嘱道。忠三郎粗略查看了挂轴一番后，将其裹在进口的高级棉布中，又在外头包一层进口印染花布，收入桐木盒，最后又在盒外裹了一层布巾。他将包好的挂轴盒背在背上，点亮稻川府借给他的弓张提灯[1]，提着走出了府邸的大门。虽然才到傍晚六刻，但眼下已是十一月末，昼短夜长，外头已是一片漆黑。白日里刮个不停的西北风不知何时夹带了雪花，白色的碎影在昏暗的天色里纷扬而下。

忠三郎没有带伞，考虑到不能让贵重的挂轴淋湿，于是拿下背上的包袱，夹在左腋下。在深川宿只能先如此凑合，只要走到本乡町[2]一带就能雇轿。忠三郎在雪花中疾步往那里赶去。所幸雪下得不大，后来又转成细雨。也不知是雪花、雪霰还是雨滴，均乱纷纷冰冷地扑面而来，忠三郎在昏暗的武家町里一路疾行。忽然，高齿木屐在湿润的道路上一打滑，忠三郎仰面向后倒去，屁股着地摔了好大一跤，连提灯也摔灭了。

---

[1] 弓张提灯：上下两端带弓形竹把的手提灯笼。

[2] 本乡町：在江户时代，今东京都文京区本乡一至五丁目，沿本乡大道一带是本乡町，住有平民，其他区域基本都是武家宅邸。

人虽没有受伤，但提灯熄灭着实令人为难，不走到本乡町就无法借火。忠三郎四下张望，想看看附近有没有武家的警备岗哨，同时几乎是摸黑前进，谁知老天惯爱捉弄人，雨越下越大。忠三郎冻僵的手牢牢抓着包袱，凭感觉往路中央走去。忽然，道路一侧漏出了微弱的灯光，头顶上传来鸟儿的振翅声。忠三郎顺着昏暗的灯光往树梢上一看，大吃一惊。原来那是深川宿有名的松圆寺妖银杏。银杏从寺院的土墙顶端高高伸出，几乎笼罩了整个路面，即便是大白天也会落下大片阴影。

这株银杏在当时有各种各样的古怪传说。一说银杏妖偶尔会化作小儿，夺取过往行人手里的提灯；又说有人经过树下时，曾见过一名气质端庄、身形高大的女子摇着扇子坐在树梢。有人在黑暗中被绊了脚，有人则被拎着后脖领甩了出去。忠三郎站在拥有众多此类古怪传说的妖银杏下，忽觉毛骨悚然。眼下若是白天，他倒也不会多想。可此时正值夜半，风雨交加，路过此地时，他竟蓦地腿脚瘫软。然而事到如今又不能折返，忠三郎无奈，只好硬着头皮往前走。他提心吊胆地穿过树下，一阵冰冷的寒意突然从树梢间沙沙刮下，昏暗中，一只手陡然抓住了他缩头缩脑的后领，将他狠狠甩向墙壁一侧的小水沟旁。忠三郎当场昏了过去。

又一阵风呼啦刮过，妖银杏摇动着巨大的身躯，似是嘲笑一般沙沙作响。

二

"喂，小哥，你怎么了？喂，喂——"

呼唤中，忠三郎悠悠转醒，睁开双眼，发现身旁站着个手持提灯的男子。男子是下谷的木匠峰藏，正是他发现了倒在妖银杏下的忠三郎。

"多谢您。"

说着，他伸手往怀中探去，结果发现主人私下支给自己的一百两金子竟连同钱兜带一起丢了。忠三郎大吃一惊，四下一看，发现手上抱着的挂轴包袱也不见了，连自己的褂子都被人扒了去。忠三郎不禁失声痛哭。

峰藏是个忠厚热情的男子。他本有事要去驹迁[1]，眼下却搁下自己的事，搀扶着满身是泥的忠

---

[1] 驹迁：今东京都文京区本驹迁。

三郎去了本乡大道上，委托自己熟识的轿夫将他送回了河内屋。由于忠三郎迟迟不归，河内屋也很担心，正盘算着遣人出去迎接时，忠三郎魂不守舍地坐着轿子回来了，使得骚动越发扩大。此事自然不能置之不理，河内屋遣人去稻川府邸知会了一声，随即将事件始末上告了町奉行所。

由于当时漆黑一片，忠三郎又遭人抛掷撞晕，所以他没有任何头绪。但这绝非妖银杏的恶作剧。即便抓住忠三郎后领的是妖银杏，夺走他身上物什和褂子的也一定另有其人。此案被派给本乡的捕吏山城屋金平查办，不巧金平卧病在床，于是就被改派给了辖区毗邻的神田半七。

"稻川宅邸的人最可疑。"

半七先町上了他们。灌醉忠三郎后送他离开，然后尾随而来，夺回挂轴。一些缺德旗本会耍这样的手段。然而仔细调查一番后发现，稻川家的主公品行上佳，此次急售探幽斋挂轴也是因为今年秋季领地作物大量歉收，他急需钱两救助村民。如此人物不可能做出此等半路打劫之事。半七只好着眼别处。

"喂，仙吉，帮我做件事。"他唤来一名小卒，"自今夜起，你去那妖银杏下蹲守个两三晚，而且不能一声不吭，而是要哼着歌来来回回经过树下。眼下天冷，但也只能委屈你了。我也跟你一起去。"

日落之后，半七和仙吉去了松圆寺墙外。半七远远盯着，仙吉独自哼着歌在树下徘徊，直到过了四刻（晚上十时）也没发生什么事。

"或许刚干了一票一百两的大买卖，钱袋子鼓鼓的，暂时不出来了。"

即使如此，两人还是耐心地每晚来此蹲守。到了十一月晦日晚上，五刻（晚上八时）刚过时分，半七就着星光清楚地看到一道黑影从低矮的土墙上翻了出来。仙吉依旧哼着歌在树下走来走去。黑影身体贴着土墙暗中观察了片刻后，突然跳上去一把揪住了仙吉的后衣领。仙吉虽有所防备，奈何对方动作太过灵巧，他还是十分窝囊地被撂倒在地。然而仙吉到底身经百战，倒地时顺势抓住了对手的脚。

半七见状，立刻奔了过去，可惜为时已晚，黑影已踢开仙吉，如飞鸟一般跃进了来时的墙内。

"畜生。让我吃了好一顿苦头。"仙吉拍着灰尘爬了起来，"不过头儿，这下明白了。那犯浑的东西一定是寺里的和尚。那厮靠近我时，我忽然闻到了一股香火味。"

"我也这么想。今夜就先这样吧。"

既然对方是出家人，町奉行所方面就不能贸然出手。半七将事情原委报告给町奉行所，町奉行所又知会寺社奉行所。寺社奉行所方面调查后发现，松圆寺眼下并没有住持，只有一个留守僧人。这位师父法名圆养，四十余岁。此外还有一个十五六岁的小和尚周道，以及一个五十余岁的杂役权七。这些人中，嫌疑最大的是周道。他年纪虽小，腕力却大，甚至自吹自擂是武藏坊弁庆[1]再世。众人怀疑，

---

[1] 平安时代末期的僧兵，他的经历经常作为日本神话、传说、小说等的素材，为武士道精神的传统代表人物。传说弁庆曾在五条大桥强行与过往武士比武，收集落败武士的太刀，之后遇到源义经，大战一场后输得心服口服，之后便追随义经讨伐平家，立下汗马功劳。

定是这周道假装妖银杏作祟，恫吓过往行人。

在寺社奉行所的审问下，周道乖乖坦白了一切。他利用寺中银杏会化妖捉弄行人的传闻，时常偷溜出寺揪住过往路人抛摔出去，以此检验自己的身手。同时他也招供，自己在二十四那天雨夜也曾抛摔一名过路男子。那名男子定然就是河内屋的忠三郎了。然而周道说，自己只是将那男子摔了出去，并未劫走他身上物品。周道虽是个身体健壮且爱捣鬼的臭小子，可到底只是个十五六岁的小和尚，不可能夺走一百两金子之余还扒下忠三郎的褂子，于是官府决定将他关入大牢直至案件审结。

从周道的供词来考虑，在周道恶作剧将忠三郎抛掷出去后，应该还曾有人来到现场，掳走了忠三郎所持物品。于是半七又受命追查犯人，然而此事极为困难。若是寺里人干的，那还好说。若周道只是将忠三郎摔晕在地，路人偶发恶念夺走了物品，那眼下算是毫无线索。半七有些烦恼接下来该怎么做。此时又发生了一起事件。

原来，有传言说妖银杏下出现了女幽灵。据

说，本乡二丁目铁器铺的儿子与一名友人路过松圆寺围墙外时，看见那里有个女人如同幻影一般伫立。由于妖银杏传闻这阵子正在外头传得沸沸扬扬，二人便提心吊胆地匆匆跑了过去，谁知铁器铺的儿子当晚便像染了风寒一般卧病不起。半七觉得这里头或许能找出什么线索，便去铁器铺见了他们抱病的儿子。此人名叫清太郎，现年十九。

"你看见的幽灵长什么样？"

"我怕得不行，没敢细看。但从提灯火光隐约照出的身影看，应该是个年轻女子。"

"莫非那女子朝你们笑了？"

"倒也没有。我们当时太过害怕，急急忙忙地逃走了。当时已近四刻（晚上八时），怎么可能有女子孤身一人在外，还偏偏选了那个地方，若无其事地站在妖银杏下？她绝对不是普通人。"

"也是。"半七思忖道，"那女子的头发可是披散的？"

"虽没看清梳的是什么发髻，但头发是整齐绾着的。"

半七心忖或许是个女疯子，接着又问了诸多问题，但清太郎没敢看第二眼就匆匆逃走了，答不出什么细节。他坚信那女子是妖银杏所幻化，半七最终没能问出什么头绪，便离开了。

　　"该死的妖银杏，还真会作妖！"

　　他暗自骂道。

三

铁器铺清太郎声称见过的那名年轻女子，若不是疯子，那会是何人？半七判断，兴许是来私会寺中留守和尚的女人。他吩咐小卒调查那名和尚的品行，结果发现圆养虽然爱喝酒，但并没有犯女戒的迹象。女幽灵的真实身份迟迟无法查明。

十二月十六清晨，半七泡了晨浴回来，发现河内屋小掌柜忠三郎正等着自己。

"哟，掌柜，早安。"半七招呼道，"你那案子眼下没有什么进展，真是对不住。还请你再等一阵子，年内我一定设法了结。"

"其实，我今日来就是为了此事。"忠三郎压低声音说道，"我家主人说，他昨晚在某个地方见到了那挂轴……"

"嗯？是吗？那可真奇了。他是在哪儿见

到的？"

　　据忠三郎的报告，昨晚，芝地源助町[1]的当铺三岛屋办了场茶会。河内屋主人重兵卫也受邀参加。席上，三岛屋主人说他最近得了一件东西，然后得意扬扬地将探幽斋的那幅妖鬼图拿了出来。由于忠三郎中途被劫掠，重兵卫至今未曾见过稻川家的挂轴，但将管事与忠三郎的话综合起来考虑，不论是内容也好，装裱、题字也好，三岛屋主人拿出来的那幅画都像是稻川家的宝物。而且重兵卫鉴别之后，断定那并非赝品，确实出自狩野探幽斋笔下。重兵卫旁敲侧击打听挂轴的来历，三岛屋主人只说是牛迁[2]赤城下[3]一处高官宅邸秘密变卖的。只是宅邸不希望此事张扬出去，要求三岛屋绝不能

---

　　[1] 源助町：江户时期町名，今已不存，大约在今东京都港区新桥一丁目三、四番，新桥四丁目二十一番位置。

　　[2] 牛迁：今东京都新宿区地域名，主要指旧东京市牛迁区范围。

　　[3] 赤城下：江户时期赤城明神附近水道町、筑地町一带俗称"赤城下片町"，今东京都新宿区水道町、筑地町、赤城下町一带。

透露挂轴来源，因此三岛屋主人无法明言是哪家宅邸。

除此之外再打听不出什么，重兵卫便回了家，但心里总觉得事有蹊跷，于是马上遣人来向半七汇报。忠三郎也说，从主人的描述来看，三岛屋的挂轴确实应是稻川家那幅，图案、装裱、题字都分毫不差。

"这就更奇怪了……"半七皱起眉头，"那三岛屋是个什么样的铺子？"

忠三郎解释说，三岛屋是老字号，听说家境富裕。家主右左卫门茶道造诣颇深，与河内屋也有多年的交情，至今未曾听过什么有关他家的坏风声。忠三郎说，三岛屋一家不可能做出半路劫掠的恶事，大约是在不知情的情况下从某处购入了赃物。

"兴许真是如此。"半七思考了片刻后说，"不管怎样，必须先查清挂轴究竟是不是稻川宅邸的那一幅，否则就会出现差池。虽然你应该能认出来，谨慎起见，将稻川宅邸的管事也一并带上，如何？两人一起辨认定然不会出错。不过，若一开始就公然说出目的，万一弄错了，恐怕双方都会很尴尬。"

"您所言极是。主人也是担心，到时万一弄错了，两家都会感到为难。"

"所以，你带着管事一块儿去三岛屋，巧妙地找个口实，就说你身边这位老爷钟爱书画，从你家主人口中得知三岛屋藏有探幽斋的名作，想要一睹为快，你这才冒昧登门为他引见。如此，对方应该也会感到颇为自得，高高兴兴地将画拿出来给你们看。若他们找借口推辞，无论如何也不肯让你们看，那就有些蹊跷了。你说是不是？如果是那样，届时我便有理由公开进去搜查。不管怎样，眼下你先带着管事过去看看吧。"

"明白了。"

忠三郎匆匆离开。

半七原本以为忠三郎当晚便会再度来访，于是做好准备在家等候，谁知他并未出现，直到第二天也仍旧不见踪影。半七暗忖，约莫是稻川府邸的管事有事缠身，没能立刻前往，但他心里总有些焦躁不安，结果当天晚上，小卒仙吉出现了。

"头儿，探幽一案可有什么头绪？"

"嗯。多少有些头绪，但目前还不确定，正头疼呢。"

"是吗？哎呀，关于这事，我这儿倒有个笑料。这鸭子呀，没吃到嘴之前，果然不能高兴得太早。"仙吉笑道。

"你们的笑料向来没什么稀奇的，这回又是什么事？"半七打趣道。

"这事可奇了。我住的町中有个叫万助的，是个卖布匹衣料的挑货郎。那小子对书画、古董有些眼光，故而卖货之余也会去各处武家宅邸和商家走动，卖些古董字画，据说偶尔也能大赚一笔。我听说万助那家伙不知从何处购入了一幅探幽的挂轴，于是仔细打听了一番。结果您猜怎么着？正是一幅妖鬼图！"

"嗯。"半七也微微正色，转向他道，"然后呢？"

"然后我立即跑去万助家仔细查探，发现那厮竟然呆呆愣愣的。我问他怎么了，结果那幅探幽的挂轴好像是假的……"

半七不由得笑出了声。

"是不是很好笑？"仙吉也大笑起来，"说是两三天前，那家伙经过御成道一条横巷时，看见一个貌似旧货商的人和一个收纸屑的[1]正站在路旁聊天。万助不经意地一看，见那旧货商正打开一卷挂轴给纸屑商看。万助也凑过去瞄了一眼，发现是幅妖鬼图，还是狩野探幽的手笔。万助那厮当场就来劲了，跟那旧货商讨价还价，听说最后狠狠压到低价买了回来。那旧货商好像是个不识货的，也不知道什么探幽不探幽，随随便便就把那挂轴低价卖了。万助喜出望外，以为淘到了宝贝，自己就要发达了，一回家就得意扬扬地和媳妇吹牛。其实他自己也不太确定那画是真是假，就去找了个有能耐的一鉴定，结果是幅仿得惟妙惟肖的假画！万助那家伙一听，大失所望。那小子，以为自己中了一千两的彩，当初很是欣喜若狂了一番呢，哈哈哈——哎

---

[1] 江户时代有人会上门收取使用后的纸屑卖到废纸回收铺去，再度漉纸回收利用。这种废纸收购商同时也会收购旧衣服、旧五金器等旧货。

呀，其实不单万助，我也很失望呢。"

"不，不用失望。"半七笑道，"仙吉，你这回可办了件好差事！你再跑一趟万助那里，详细打听一下卖给他赝品的旧货商到底是什么人。"

"头儿，那可是假画啊？"

"假画就假画。一旦知道了卖画人，立刻去把那人的住处查出来，越快越好。"

"遵命。"

仙吉步履匆匆地出了门。

翌日早晨，忠三郎依旧没有露面。半七正好有事去日本桥一带，顺道打听到旅笼町河内屋的位置寻了过去。忠三郎很快出来迎接，有些过意不去地说：

"头儿，实在抱歉。本该早日去见您的，只是稻川府邸迟迟没给答复……"

"那管事不肯跟你一起去？"

"说是年底事务繁忙，没时间过去，要我们等到来年正月十五之后……我们也没法勉强对方，眼下正为难呢。"

"那确实为难。说是年末，但眼下还没过腊月二十呢，照理不应该那么忙啊……"

"我也这么想，可对方就是这么说的……"忠三郎的表情为难至极。

"不，这样也行。"半七点点头说，"既然对方这么说了，我也有别的想法。总之你放心吧，我心里已大致有数了。"

半七让忠三郎安心，然后回到神田自宅。仙吉已在家里等着了。

"头儿，我查到了。"

"查到了？"

"我审了万助一番，眼下已查得清清楚楚。卖了假货的旧货商就住在御成道的某条巷子里，左边鬓角有块斑秃。"

四

岁末，町中甚为繁忙。半七迎着寒风，在日暮时分前往下谷，来到御成道某小巷中的旧货铺。铺子十分狭窄，几乎与一个摆满了破铜烂铁的小货摊无甚两样。铺子正面挂着一幅帝释天的大挂轴，挂轴脏得有些发黑。左鬓斑秃、四十余岁的老板正抱着暖脚炉看店。

"哦，这帝释天的挂轴真气派，多少钱？"半七装傻充愣道。

以此为切入点，半七说出了前阵子那幅探幽斋挂轴的事：

"我认识买了那挂轴的阿万，本想占便宜低价买好货，谁知栽了个大跟头，花了钱不说，货还是假的，一直在那儿叫苦不迭呢，哈哈哈——"

"话不能这么说，这位大哥，"老板有些不乐意地噘嘴辩解道，"就说那价格吧，我虽不知里头的画是好是坏，但光那装裱就值个三分或一两金子了。就凭这个，那画就算是一张废纸，他买了也是不亏的。我以前没经手过那样的东西，原本不想要，只是邻居一个劲求我，我才勉为其难买了。马上就要过年了，将那种东西放在店里也不是个事，我这才打算能赚个两三百钱就卖了算了，于是叫住路过的纸屑商阿铁，在铺子前展开那卷挂轴给他瞧了瞧。结果那人忽然从旁边跳出来，要我把东西卖给他。他自己出了个价，跟抢东西似的硬要买走，所以哪有什么假货骗子的。"

"你说得对，毕竟那阿万是个贪心的，难免一着不慎掀了指甲盖，吃点苦头。那挂轴是从哪儿来的？"

"不清楚原主是谁，但把东西拿来我这儿的，是后面木匠家的阿丰。"

后巷的木匠是一位名叫峰藏的工头，他把女儿许配给了徒弟长作，并在附近给小两口找了住处。谁知长作是个不安分的，背地里沉迷赌博。丈人峰藏也很担心，本想干脆让女儿回来，但因两人本就是因情投意合才结为夫妇，阿丰不肯答应。旧货铺老板同情地说，峰藏是个正派匠人，结果却找了这么个女婿。听完这话，半七若无其事地颔首道：

"确实可怜。可他为何要将女儿嫁给那样一个赌棍？"

"嘻，长作以前也是个正经人，这阵子不知怎的突然魔怔了才开始游手好闲。"

"那个长作家在哪儿？"

"直接往里走就是了，空地里头的第二间。"

半七立刻前往长作家，女主人阿丰从屋里迎了出来。阿丰顶多十八九岁，看着还像个小姑娘，但已剃了眉毛 [1]。她本就白皙的脸色，此刻显得极为苍白。

"请问阿长师傅是否在家？"

"他方才出去了……您是哪里来的？"

---

[1] 江户时代女性在成婚后，为表对丈夫"极尽忠贞"，会将牙齿染黑，并将眉毛剃掉或拔掉。

"我是从松圆寺附近过来的……"

"又来约他出去？"阿丰皱起眉心，"你们别再来找他了。"

"为何？"

"为何……你是要去藤代大人府上吧？"

松圆寺隔壁便是一位名叫藤代大二郎的旗本的宅邸，这半七知道。从阿丰刚才的语气推测，那宅邸里应该是开了赌场。

"如您所料，我确实要去藤代府宅，只是我在那儿没有熟人，若没有这里的大哥陪着一道去……"

"不行。你们回回都找这样那样的名目叫他去……往后不管谁说什么，我都不会再让他去那种地方了。"

"阿长师傅真的不在家？"

"若你不信，不如自己进来瞧瞧。他今天出去办事了。"

"是吗？"半七不慌不忙地在地板沿上坐下，"这位夫人，对不住，可否借火点个烟？"

"我家那口子不在。"阿丰有些不耐烦地说。

"不在就不在。其实啊,我认识一个本乡人,前阵子晚上经过深川宿时,看见一个女幽灵站在妖银杏下。那臭小子胆小,什么都没看清就逃走了。唉,真是个窝囊废……江户中怎么可能有妖物。如果是我,一定当场抓住那妖物,拆穿她的真面目。真是太可惜了,哈哈哈——"

阿丰一声不吭地听着。

"当然,我没有亲眼看见,若我说错了,这厢提前给您赔个不是。"半七觑着阿丰的脸说道,"不过夫人,那天的那个幽灵其实是你吧?"

"净开玩笑。"阿丰有些落寞地笑道,"反正我这模样,看着就像个妖怪吧。"

"不,我没有开玩笑,是说真的。我在想,那幽灵恐怕是去藤代府宅接丈夫的。心爱的丈夫只想着赌博,父亲也因此甚感不悦,唯有那可怜的幽灵,夹在中间受苦。我说夫人,难怪那幽灵的脸色会如此苍白,想想都觉得太过可怜。我明白的。"

阿丰突然低下头,手拧着围裙一端。半七看到,她那浓密的睫毛好似已湿润了。

"我当真明白你的心情。"半七恳切地说，"丈夫游手好闲，又快过年了，即使是幽灵也会心急如焚吧，于是不得不把家里的东西拿去当掉，还将别人寄放在家中的物什卖给旧货铺。虽然将妖鬼挂轴卖给家附近的旧货商着实不是个聪明法子，她终究只是个女幽灵，也怪不得她。况且……"

半七话说到一半，阿丰突然猛地站起身，从格子门旁的厨房赤脚冲出，往水井跑去。半七追上去从背后抱住了她。

"不行，不行。幽灵死了只会复生，依旧要面临这些事情。你先不要冲动，这样对你没好处。"

半七拼命拉住号啕大哭的阿丰，将她带回屋里。

"头儿，对不起，请杀了我吧……请您杀了我吧。"阿丰哭倒在地，她似乎已察觉到了半七的身份。

"看来你知道我是谁了。"半七颔首道，"那挂轴是长作带回来的吧？可还有其他东西？有没有褂子？"

"有的。"阿丰哭着说。

"是上月二十四晚上拿回来的吧？"

"正是。"

"事情到如今这个地步，你也没别的法子了，还是将一切和盘托出吧。长作拿了挂轴和褂子回来后，说了些什么？"

"他说自己赌博赢了钱，收了那些东西做抵押。我虽觉得那挂轴和全是泥的褂子可疑，但还是晾干搓掉褂子上的泥巴，将它们收起来了。"

"那褂子可还在？"

"不，已经当掉了。"

"你父亲那晚也去过深川宿一带吧？他去做什么了？"

"是去接我家那口子了。"阿丰说，"藤代大人府上下人住的大通铺里每日都开设赌局，长作天天泡在那里，也不出去做工。阿父担心，那晚说要亲自去把他拉回来，冒雪出门了。不过他俩好像中途错过了，长作不久就湿淋淋地回来了。约莫一个时辰后，阿父也回来了，在门口问长作回家没有。我回答回来了。他就径直回家了。"

"之后长作怎么了？"

"第二天一早，长作说要出门上工，结果还是泡在了那个赌场里。那天之后，他就完全不着家了……在那之前，他不管多晚都会回家，可那之后，他也不知住在哪里，经常三四日也不见人影。我担心得不得了。可是，此事若进了阿父的耳朵，难免让他徒生操劳，所以我就瞒着他，悄悄去藤代大人府上迎接丈夫，然而那厢夜里大门紧闭，根本不会放我一个女人进去。我不知如何是好，便站在松圆寺墙外，想着不如干脆吊死在那株银杏树上算了，此时有两个男子经过，我便慌忙逃了回来。"

"自那以后，长作就没再回来过？"

"回来过两三次。"

"除了挂轴和褂子之外，他有没有给过你钱两？"

"那次他拿挂轴和褂子回来时，还给了我十两金子，说是赌博赢的。可是后来他说输光了，又把那十两全拿走了。年关越来越近，家里连买木炭的钱都没了，又不能经常向阿父伸手，我无可奈何，只好将那褂子当了，再求旧货铺的大叔买下挂轴，勉强维持生计。长作今天一大早不知从哪里神色恍惚地回来，说自己现在身无分文，让我借他一些钱。我哪有钱借他？反而想有人借我呢。我就告诉他，我把那件褂子当了，挂轴也卖了。结果长作一听，陡然变了脸色，一声不吭地走了，临走前只留下一句话，让我不管有谁来打听，绝不能说出那挂轴或褂子的事。"

"原来如此。好，这下都清楚了。不，虽然还有些不明白的地方，但我也不追究了。"半七说，"不过，在知晓长作去向之前，我也不能就让你待在这儿。我会将你交给町差役看管，你做好准备。"

半七立刻叫来房东，将阿丰交给他看管。接着，半七又将峰藏唤来警备所审问，老实的峰藏立刻坦白了一切。

"其实那天晚上，我去接长作时，正好与他错过。经过松圆寺时，我看见妖银杏下躺着一个男人，于是救助了他，将他送回了主家。听说那人是河内屋的掌柜，钱兜带里的钱两、贵重的挂轴和平纹外褂都被人抢走了。当时我也没想太多，后来一问才知道，长作那晚好像拿了挂轴和沾满泥巴的平纹褂子回家。我一听，顿时吓得发抖。可事到如今已无可奈何，我将此事告知女儿，想让她在受到牵连之前赶紧与长作离，无奈女儿还对长作留有余情，怎么也不肯听我的。我心下万般为难。不久，女儿大约是迫于生计，将那外褂当了，又把挂轴卖给了旧货铺，最终引起了各位老爷的注意，真是惭愧。"

如此一来，阿丰想跳井的原因也明白了。

半七先前已大抵猜测到，阿丰其实知道丈夫做的歹事，果然不出所料。

第二天傍晚，长作正想走进藤代宅邸时，被早已蹲守在此处的仙吉抓获。摔晕忠三郎是周道干的浑事，与长作毫无关系。那日晚上，他赌输后魂不守舍地回家，雨雪交加中发现有一男子倒在地上，便靠了过去。一开始，他是想救助男子，但在发现男子的钱兜带很重时突然改了主意。起初，他只抢走了钱兜带，后来又想既然做了，干脆一不做二不休，又拿走了忠三郎小心抱着的包袱，甚至将他穿在外头的褂子都扒了去。然而，正所谓悖入悖出，那抢来的一百两金子也随着他流连美酒、美女和赌场间而散尽。

"我丈人和妻子什么都不知道，还请大人饶过他们！"长作说。

其实峰藏和阿丰并非完全不知，但上头还是网开一面，只将二人当面训斥之后便放了回去。然而，长作的刑罚比现在的人想象中严重许多。他不仅未对昏倒路边之人施加救助，反而趁机抢夺财物，罪加一等，最终被判游街后斩首，首级被挂在小冢原刑场上。

之后，寺社奉行所命人将松圆寺妖银杏探出墙外的枝叶全部斩断。

听到这里，我仍有不解之处。

"阿丰卖给旧货铺那幅探幽的妖鬼图是假的吧？既然如此，那个叫忠三郎的掌柜从稻川府宅取走的是赝品？"

"对、对。"半七老人颔首道，"稻川府宅一开始也没想给他们赝品，只是因为五百两一下被压至半价，穷途末路之下才将赝品交了出去，打算将真迹卖到别处。"

"他们手上为何会有赝品？又不是一开始就存心诈骗……"

"事情是这样的。那幅探幽真迹自古以来就是稻川家的传家之宝。听说那幅赝品是上代家主在世时发现的。那虽是赝品，却仿得极为逼真。若让这种东西流转于世，世人辨不清真伪，便会损害自家宝物的价值。故而稻川宅邸明知它是赝品，还是将其买下收在库房内，不让它再在世间流转。往昔常有这样的事。这件案子里，稻川宅邸便是拿出了这幅赝品，如刚才所说那样，将它交给河内屋的掌柜，真迹则以四百两的价格卖给了芝的三岛屋。正因如此，稻川府上的管事才找借口推辞，不肯与河内屋的人一同前往三岛屋。此事闹到明面上后，稻川府上的管事先跑来了我这里。当然，他也去河内屋求情了，说一切都是自己的主意，主公毫不知情，最终还是私下了结。钱自然必须要还，稻川宅邸将二百五十两金子还给河内屋，取回了赝品妖鬼图。稻川主公倒是个奇人，他说正因留着这种东西，才会有人行差踏错，于是在节分[1]那天夜里将赝品妖鬼图烧了。选在节分当晚烧画，是不是很有趣？

河内屋也来向我致谢，尤其掌柜忠三郎对我更是感恩戴德，之后也常常拜访我家。他就是刚才回去的水原先生。明治维新之后，河内屋改了行当，水原先生则去了横滨做买办生意，结果越做越顺，生意一下子做大。他不忘旧情，如今依旧与我这样的人来往。其实今天他来，也是跟我聊了当年妖银杏一事后才回去的。"

---

[1] 节分：指各个季节的分际，即立春、立夏、立秋、立冬的前一天。由于在旧历中，一年之始的立春被视为最重要的一天，故而江户时代之后"节分"常特指立春的前一天。日本人在这一天有撒豆驱鬼除瘟的习俗。用烘煎过的黄豆，先从屋内往屋外撒，边撒边喊"鬼向外"，接着从屋外往屋内撒，边撒边喊"福向内"。撒完豆子后，人们必须吃下自己实际年龄加一（虚岁）的豆子，相传如此能保身体康健，疾病远离。

06

雪
人

一

虽不是什么值得特意一提的事，但若要说我在此介绍的诸多侦探故事有什么特色，除开普通的悬疑趣味之外，应当就是看官可以从中窥见几分故事的舞台——江户的风情了。我也十分努力，想尽可能毫无差错地记述与半七老人的谈话笔记，但其中的说明解释依旧不够详尽，往往不可避免地引起读者的困惑。

我屡次听闻，有人对这些故事抱有如下疑问。捕吏半七常常离开自己的地盘神田，到别处办案。照理说，每个捕吏都有自己的管辖区域，半七却屡屡越界办案，这恐怕与实情不符。此等指摘的确有理。原则上，捕吏们都应当守在自己负责的辖区内，而且就同行义气来说，捕吏也不该到他人地盘上"撒野"。实际上，当时并无严格的规则或约束禁止捕吏插手他人辖区内的案件。即便如今也依然存在本区罪犯遭他区警察逮捕的案例，更别说江户时代，又是这种互相争功夺声的行业，根本不可能有法子让捕吏们严守自己的管辖范围。故而，不论半七去哪里办案，还请诸位不要认为是虚构的。

"此事就发生在我的地盘里，我可以堂堂正正地讲出来。"半七老人笑着为我讲述的，便是如下旧事。

文久元年（1861）年冬季，江户没有下过一场雪。整个冬季不见一片雪花，简直是前所未有的奇闻！江户人甚为惊奇，对此议论纷纷。结果也不知是不是上天要弥补去年的缺憾，第二年，也就是文久二年一开春，大雪从正旦开始足足下了三日，大江户八百八町 [1] 全都一片雪白。

据老人说，那场雪在地上积了三尺高。江户

---

[1] 八百八町：虚指整个江户中町的数量之多，并非实指。据称，江户幕府开府时江户有三百余町，至江户中期便已超过千町。

积雪三尺——虽说多少夸张了些，但据说直至正月二十前后，积雪都未能完全消融。据此推断，不难想象当时那场雪的确下得相当大。至少对于江户来说，应当是多年未有的大雪。

整座江户城都埋在大雪中，悠闲的江户人即便懒得出门拜年，也不忘堆雪人。街头随处可见别出心裁的雪人，跟事先约好了似的睁着木炭做的大眼睛，坐镇路边。由于今年积雪颇丰，有的地方甚至有必须抬头才能看到顶的巨大雪人。雪人像端坐在路边，睥睨着街道上苦于雪融泥泞路难行的人们。

然而，大江户并不允许这些大大小小的雪人"横行跋扈"太久。吃了七草粥，过了开仓吉日 [1]，它们的身形就日渐单薄了。依照日照角度的不同，有的雪人从头顶开始融化，有的自肩膀开始倾倒，还有的直接脚软瘫倒在地。雪人们露出此等凄惨丑态，最后只留下黑黑的眼珠，白色的身影逐渐消失

---

[1] 开仓吉日：在年初吉日首次打开仓房进行庆祝，一般选在正月十一。

在江户的大街小巷中。

　　不过，也有不少雪人整个冬季都盘踞在阴凉之处，相对来说能更加"长寿"一些。蜗居在一桥门[1]外第二防火空地[2]一隅的雪人，由于身处曲木[3]工匠的公家房屋拐角处，直至正月十五仍旧体形完整。到了仆众年假[4]结束后的正月十七早晨，天气骤暖，那雪人终于不堪重负，一点一点开始崩塌了。那雪人身形高大，足有六七尺高。随着它渐渐融化走样，人们赫然发现它那白色雪块底下，竟有一人似参禅一般盘腿坐着。

　　"呀，雪人里面埋着个人！"

---

　　[1] 一桥门：江户城西北方向的外郭门，西侧是清水濠，南侧是平川濠、大手濠，位于今东京都千代田区一桥。

　　[2] 一桥门外设有三块防火空地，其中第二块防火空地大致相当于今东京都千代田区神田锦町二丁目全域及三丁目东侧大半区域。

　　[3] 曲木：曲木工艺的略称，指代将木材通过蒸煮等工序增大可塑性，进行弯曲加工的工艺。

　　[4] 日本用人一年有两次假期可以回家省亲，一次在正月十六前后，一次在七月十六前后。

消息传播开来，附近居民纷纷聚在雪人周围。坐在雪中的是个四十二三岁的男人，衣着并不寒碜，但一眼就能看出他并非江户人。男子尸体被送至武家岗哨，再转至附近的警备所，接受了町奉行所派出的与力、同心的检视。

男子身上没有看似致命伤的伤痕，没有刀伤，也没有勒痕。他是被寒冷的天气冻死的，还是因病倒毙在半路上？差役们的看法形形色色，冻死也好、因病倒毙也罢，都不可能被人塞进雪人里，因为当初发现他的人应该会立刻去向岗哨或警备所报告。既然有人故意堆了这么大一个雪人，并将尸体藏匿其中，这里头一定有蹊跷。差役们最后断定，男子的死因当中一定藏有某种秘密。

"话说回来，这雪人是谁堆的？"

顺理成章的，差役们先开始调查此事。他们逐一审问了町中众人，却无人承认自己堆了那个雪人。据他们说，这雪人应是有人在初三晚上堆的。前面也说过，天一下雪，必定有人出去堆上一两个雪人，因此即使那大雪人于一夜之间出现，也无人会怀疑。大家都以为是町里某个街坊堆的，就此毫不在意地过了好几日。尤其这一带武家宅邸众多，大家甚至连雪人是平民堆的还是武家的年轻人堆的都不清楚。

当然，这样一个雪人绝不可能自己凭空出现，创造他的人一定潜藏在某处。然而事到如今，当事人自然不可能跳出来承认。为了寻找线索，众人推倒雪人，彻底粉碎了它的形骸，可除了男子的尸体之外，并未有新的发现。碎裂的雪块随着罪证渐渐消融，化作泥水流走了。

"诸位老爷辛苦了。"

一名脸色黝黑的男子出现在警备所前。他就是三河町的半七。八丁堀同心三浦真五郎迫不及待地招呼道：

"哦，半七，来得真慢，你的地盘里可出了大事啦！"

"我闻讯也吓了一跳。各位是否已大致调查完了？"

"不，眼下半点头绪也没有。尸体就在这儿，你仔细看看。"

"失礼了。"

半七膝行过去，查看横躺的男性尸体。男子穿着手织条纹棉衣，外罩铁青色石持棉外裰[1]，脚上赤足，鞋履不知去了哪儿。半七仔细检视过尸体后，依旧没有找到似致命伤的痕迹。

"不明白啊。"他皱眉道，"总之先去现场看一看吧。"

半七向差役们点头致意后，便去看了雪人融化后的现场。那里只留下了雪融后的泥水和木屐踩踏后的凌乱痕迹。附近的孩子和行人都远远观望着，彼此窃窃私语。半七拨开拥挤的人群，一脚踩进足以让高齿木屐都陷入其中的泥水地里。他万分仔细地查看现场，最终似在残留的雪块和泥土之间发现了什么，弯腰定睛审视。

此后，他又在现场勘查了一阵，但未能有更多新发现，于是从怀中掏出手巾擦净沾满泥的双手，

---

[1] 在两襟本该印上家徽的地方留下圆形白点的褂子。

回到原来的警备所中。与力们已经离去，只剩当值的同心三浦还留在警备所中。

"如何，半七？可发现什么宝贝了？你可要好好干。会不会是品性恶劣的旗本或御家人干的好事？"

"这个嘛……"半七沉吟道，"或许能有办法查清，总之还请您等到明天吧。"

"明天……"真五郎笑道，"这么轻易就给出承诺了？"

"哎，我会尽力的。"

"那就有劳你了。"

说完，真五郎就离开了。此后，半七再度仔细检查了尸体的衣袖。

二

接着，半七去了日本桥的马喰町[1]。从死者的衣着出发，先调查一番马喰町的旅店是最顺理成章的。邻町有一家叫菊一的梳妆铺，与麹町大道的菊一一样，都是下町有名的老字号。半七叫出熟识的掌柜，问他初三那日是否有乡下人来买南京玉[2]。

由于店里生意兴隆，客人从早到晚络绎不绝，要掌柜记住每一个买了南京玉的客人着实有些困难。所幸那时才开年不久，又下了那一场大雪，店里几乎等于没开张，因此菊一的掌柜清楚地记得那

---

[1] 马喰町：今东京都中央区日本桥马喰町，奥州街道的起始点，有众多旅店、客栈。

[2] 南京玉：中间开有小孔的陶瓷或玻璃制小珠子，可以用丝线穿起制作戒指、项链等饰品，多为小女孩佩戴。

天光顾的三位客人。他说，当天那三位客人中，两位是附近的姑娘，剩下一位是住在马喰町一家名为信浓屋的旅店的宿客。

"虽不知客人的名字，但他去年年底也来过一次，买了油和发髻束带，说是要当作伴手礼带回村里去。初三那日，他又冒雪赶来，说自己第二天必须动身回乡，过来给左邻右舍的孩子们买些礼物，于是买了两百文的南京玉。"

半七详细打听了那名外乡客人的长相、年龄和穿着，接着便赶去了信浓屋。信浓屋的掌柜翻阅宿客登记簿后得知，那名客人是上州太田[1]乡下的农户甚右卫门，四十二岁，自去年腊月二十四起便逗留此地。他曾说必须在年内回乡，后来一直拖延归期，终究还是在江户过了年。年后又住了三日，他又说初四必须动身。动身前日午后，他说要去附近买点东西，谁知一去不返，旅店也很担心。虽然年前的房费已在除夕夜全部付清，年后的部分也没几

---

[1] 太田：今日本群马县太田市。

个钱，可客人无故失踪终归可疑，因此账房里每日都在讨论他。

"既然如此，要劳驾您跟我回神田一趟了。别担心，一定不会给您添麻烦的。"

半七拉着满脸不乐意的掌柜，带着他去神田的警备所辨认过尸体后，得知死者确是直至初三都住在他家旅店里的外乡客甚右卫门。如此一来，死者身份总算查清了，只是不知他是被何人叫出来的，又为何会被杀人灭口。

半七之所以会去菊一查访，是因为他在雪人的融化现场发现了三四颗南京玉。为了查明这些南京玉究竟是附近的姑娘们落下的，还是死者身上带着的，半七返回警备所检查了死者的袖兜，结果又在袖兜底部发现了一颗南京玉，这才确认死者便是南京玉的主人。半七判断，一个四十余岁的乡下男子不可能随身携带南京玉，这些大约是死者藏在袖兜中，打算带给家里的礼物。

当然，半七并不知晓死者是如何得到这些南京玉的，是买的还是人家给的，只是先假定东西是买的，再据此推断死者购买它们的店铺。南京玉基本就是孩子们的玩具，原本要追查它的来历几乎等于大海捞针。只是半七知晓，外乡人即便只是买这些小玩意儿，也习惯找老字号购买，这才先着眼于马喰町附近最有名的梳妆铺，没想到意外地成功找到了线索。

"到目前为止一切顺利，后面就难了。"他又思考片刻。

"请问，我可以先告辞了吗？"信浓屋的掌柜怯怯地问道。

"嗯，有劳你了，已经没事了。"半七说，"不，且慢，还有件事想问问你。那个甚右卫门究竟是来江户干什么的，你们一点也不知道？"

"他素来寡言少语，与我们除了早晚问候之外从不闲聊，因此我们完全不知他是来干什么的。"

"他一直住你们那儿？"

"去年九月前后也在我店逗留过十来日，此番是第二次光顾。"

"他喝酒吗？"半七又问。

"喝，不过也就是每晚喝个二两，从没见他大醉过。"

"可曾有人来找他？"

"这不太清楚，好像没人来找过他。他早晨大概五刻（早上八时）起床，吃过晌午饭后一定会出门。"

"五刻……"半七歪头思索道，"以乡下人来说，他起得挺晚。那他一般几时回来？"

"一般会在傍晚六刻（傍晚六时）回来一次，吃过晚饭又立刻出门，但过了四刻（晚上十时）一定会回来。看他好像是去附近听落语[1] 了，但我也说不准。"

"你看他可像有钱人？"

"他刚到店时，直接在账房寄放了五两金子。

---

[1] 落语：江户时代传承至今的曲艺形式之一，由落语师跪坐在台上软垫，以语言和肢体动作讲述一个滑稽故事。其表现形式与内容皆与中国的单口相声相似，但更注重运用滑稽的表情和夸张的动作来表现生活，亦会借用折扇、手帕等道具使演出更加出彩。

除夕那日，他说房钱从中支取，余下的钱两确实还寄放在我们这儿，但他身上带着多少钱就不知了。"

"他从外头回来时，都是两手空空？"

"不，都会提一个看着挺重的包袱回来。店里的女侍们都说他似乎在到处买东西带回村里当伴手礼，但他究竟买了什么，我们从未过问。"

"原来如此。既然这样，我们先回店里看看他的房间吧。"

半七由掌柜领着，再度回到信浓屋。掌柜领半七来到二楼里侧的六叠房间，房里并没有什么显眼的物品。半七打开橱柜，发现里头叠放着五六个包袱，都用细绳以十字绑法紧紧绑着。谨慎起见，半七抽出其中一个包袱，发现分量很重，里头好似包着小砂石。在掌柜的陪同下，半七解开包袱，只见里面是众多用麻袋或碎布包好的南京玉。

"他为何要买这么多南京玉？"掌柜目瞪口呆。

逐一打开其他包袱，结果出现的都是南京玉，半七也不免吃了一惊。

"即便当伴手礼送人，也没人会买这么多南京玉。若他打算做生意，也应该从某个零趸铺成批进货，不可能明知价格高，还去各个铺子零买。想不通啊。"

　　面对眼前的一大堆南京玉，半七抱臂思索半晌，最终不禁"啊"地喊了一声。

三

"喂，掌柜，你可否再仔细想想，当真没人来找这个男人？"半七问掌柜。

"这……我着实没有印象，或许我不在的时候，有人曾来找过他也未可知，我去问问女侍吧。"

掌柜转身下楼，不多时又回来告诉半七，有个女侍说去年腊月二十八，邻町一个叫丰吉的首饰匠曾经来过。当时甚右卫门恰好不在，丰吉之后也没再来过。

"丰吉是个怎样的人？"

"以前爱赌小钱，风评不怎么样。"掌柜说道。

"不过去年春季以后就正经起来了，干活也仔细。这阵子手头似也宽裕了，十一月时为一个叫阿政的品川妓女赎了身，如今处得不错。"

"即便是品川宿场的妓女，赎身也是要一大笔钱的，区区一个首饰匠攒个半年一年的怎么够，背后一定有金主。"

"是吗？"

"那金主一定就是甚右卫门。我大致明白了。今日之事切勿张扬。这南京玉，我拿走一些。"

半七抓了一把南京玉放进袖兜，出了信浓屋便直奔邻町的后巷长屋。首饰匠丰吉正与刚剃眉不久、如今眉迹青青的媳妇一起，坐在长火盆前吃着葱鲔汤锅[1]，喝着酒。

"喂，你就是首饰匠阿丰？"

"正是。"丰吉老实答道。

"找你有事，跟我出来一趟。"

"请问要去哪儿？"

丰吉的目光立刻警惕起来。

"无所谓，总之你跟我去一趟警备所，很快就放你回来。"

---

[1] 葱鲔汤锅：将葱、鲔鱼肉、酱油、日式高汤等材料一起在火上炖煮而成的一种日式汤锅，亦为俳句中冬季季语之一，江户时代深受平民欢迎。

"不行呀，头儿。"丰吉似乎很快察觉了半七的身份，"我可不记得自己做过什么非要被拉去警备所的事，一定是哪里弄错了。"

"嘴还真硬，我让你乖乖跟我来……再磨磨蹭蹭的，吃亏的可是你。"

"可是头儿，您不由分说就要我跟您走，我也很为难呀。我也算个正经匠人，以前确实玩过些官家禁止的乐子，如今我连双六[1]的骰子都没碰过啦。我现在已完全是个正经人了，还请您高抬贵手。"

"不必，这些话你到地方了再说不迟。就是因为有事才会过来唤你。况且要找你的也不是我，而

---

[1] 双六：又作"双陆"，是汉字文化圈一种传统二人桌上棋盘游戏，源自古天竺（今印度）的波罗塞戏，相传在三国时期由曹植引进波罗塞戏后糅合六博而创出。唐代时传入日本，平安时代至江户时代皆十分盛行，在江户时代是上流社会妇女常玩的游戏。江户时代中期之后，由于锦绘版画的发展，在纸上画线并配以各种插图的"绘双六"逐渐流行兴盛，并发展出"回双六""飞双六"等不同种类，成为人们在正月里爱玩的游戏。

是它们。"

递至丰吉眼前的正是南京玉。丰吉瞧了一眼，二话不说立刻拉开长火盆的抽屉，拿出平时收在里头的削鲣鱼小刀，反握着攥在手里就打算起身。半七不管青的绿的红的，一股脑儿将手里的南京玉对着丰吉全撒了出去。

丰吉一时睁不开眼，正心悸不安时，半七趁机飞身过去，一下打落丰吉手里的刀刃。葱鲔汤锅已然倾倒，全倒在炉火上。丰吉便在汤水扬起的烟灰中落网，被半七押到了警备所。

"喂，阿丰，你既然敢跟我动手，看来是知道我找你何事了吧？老实招供一切。你是怎么跟住在信浓屋的甚右卫门混熟的？"半七立刻开始审问。

"我们称不上相熟。他年前来过一次，说随身文卷匣的锁坏了，让我修。我去他投宿的旅店找过他一次，谁知他正好不在。我也忙得很，之后没再去。那个甚右卫门怎么了？"

"别装蒜！方才见了南京玉，你为何大惊失

色？老实回答！你为何要杀甚右卫门？你还有其他同伙吧？通通说出来！"

"可是头儿，您不能不讲理啊。我为何要杀甚右卫门……方才也说了，我就见过他一次，为何要杀他？还请您明察。"丰吉一再争辩道。

"还想狡辩？我到底讲不讲理，你问南京玉！"半七瞪着他道，"既然你想嘴硬到底，那我来说给你听。那个叫甚右卫门的家伙乍一看是个老老实实的乡下人，其实是个花假币的！"

丰吉一下面色铁青。

"如何？我说对了吧？"半七追问道，"那家伙到处买南京玉是为了造假币。原本造假币用的是劣质酒瓶的碎陶片碾碎后的细末，但我一直听说如今造假工艺愈来愈纯熟，已可以将小南京玉砸碎后造坯了。他定是因为觉得在一家店铺一次性大量购入南京玉太过惹眼，这才装成乡下人，去各个铺子里都买一点。你是首饰匠，已与那个甚右卫门狼狈为奸，帮他造假币了吧？如何？莫非到了这个地步，你还想抵赖？"

丰吉依旧不吭声。

"我还没说完呢。"半七冷笑着继续说，"你倒是娶了个不错的媳妇，花多少钱赎回来的？钱又是哪儿来的？像你这样的匠人，就算昼夜不停地干个半年一年，恐怕也攒不到足够的钱两为妓女赎身。那赎身钱恐怕是甚右卫门为你出的吧？"

如此诘问之下，丰吉依旧犟着不开口。半七便先将他绑在警备所里，唤来丰吉的媳妇，询问平时频繁出入家中的都有哪些人，随即逮捕了同行匠人源次和胜五郎、四谷酒铺播磨屋的传兵卫、青山木屐铺石坂屋的由兵卫、神田铁器铺近江屋的九郎右卫门、麻布米铺千仓屋的长十郎等六人，逐一严厉审问之后，终于查清他们都是一起使用假币的同谋。

被埋在雪人里的甚右卫门虽出身上州太田郊区，但如今无固定居所。

他以南京玉为原料铸造的假币都是一分或二分金子，若全花在江户，恐怕很快就会暴露。甚右卫门这才化身乡下人四处旅行，在途中巧妙地用掉假币。

　　然而，甚右卫门究竟为谁所杀，目前还不知晓。

四

依照江户时代的律法，使用假币是该判磔刑的重罪。虽然这一伙人终归是要死的，不论是谁杀了甚右卫门都是一样的刑罚，但还是有必要查清凶手。因此，他们受到了更为严苛的审问，最终查明，七人当中，与雪人一案有直接关系的是首饰匠丰吉、源次、近江屋九郎右卫门和石坂屋由兵卫四人。

丰吉自品川赎回的妓女阿政虽已快到契约年限，但因各种原因还是要三十两赎身钱。丰吉求妓院老板让他先用十五两把人领回去，并约好剩下的十五两一定在年前付清。丰吉怎么也筹不出这笔钱，便求到了甚右卫门身上，结果甚右卫门横竖不肯答应。

"这事你不该来求我，去找神田近江屋或石坂屋吧。"甚右卫门无情地拒绝道。

然而丰吉平时就常向近江屋伸手，故而多少有些迟疑。无奈之下，他只能又去品川向妓院老板哭诉，让他宽限到正月初七的七草粥节。然而，丰吉只靠自己是筹不出这笔钱的，于是等大雪转小，到初三那日午后再度前往甚右卫门所住的旅店，结果正巧在町内拐角处碰上了他。丰吉跟他说了自己的苦衷，一再向他索钱，甚右卫门依然不肯答应。丰吉还是缠着他说个不停，甚右卫门似也不堪其扰，便说既然如此，他可以陪丰吉一起去神田的近江屋，于是两人冒雪去了神田的铁器铺。

同伙石坂屋由兵卫和首饰匠源次刚巧也来近江屋拜年，主人九郎右卫门见丰吉和甚右卫门来了，便说来得正好，随即将两人引进里屋，五个人一起喝到太阳下山。这时，甚右卫门说出丰吉想借十五两金子的事，结果九郎右卫门和由兵卫都一脸不乐意，还说这点小钱，应该由甚右卫门借给他，甚至抱怨说大家一起做事，结果就甚右卫门赚得最多。由于大家都喝醉了，争执几句后眼看就要动起手来，此时不知怎么的，甚右卫门竟然闷哼一声，猝然倒地。四人大惊，赶紧加以救治，但甚右卫门还是一命呜呼了。

"怎么办？"

四人面面相觑。原本只要乖乖报案说甚右卫门猝死便毫无问题，由于他们心里有鬼，就想尽可能隐瞒甚右卫门之死。四人将甚右卫门的尸体一直在屋内搁到半夜，接着在店里伙计们面前假装将喝得不省人事的他送回旅店，由丰吉和源次一边一个架着尸体出门，由兵卫也陪同在侧。主人九郎右卫门心中忐忑，片刻后也追了出去，说要送他们一程。

大雪之夜越发幽深，町中已无行人，这对他们来说正好。四人将尸体架出了三四町，本打算将人丢在护城河边的防火空地上，但又想到要尽可能拖延尸体被发现的时间，于是齐心协力堆了个大雪人，将甚右卫门的尸体深深埋在雪人底下。其实，若他们直接将人丢在路旁，此事或许就行人冻毙街头结案了。他们的自作聪明反而招来祸端，意外成了假币一事东窗事发的导火索。

当然，他们将甚右卫门怀里或袖兜中能作为证物的东西全都取了出来，自然也取出了他在菊一买的南京玉，只是因为心中惊惶，不慎遗漏了几颗。正是这几颗南京玉将他们引向了必然的宿命。

使用假币的四名商人及三名首饰匠同伙皆依律受刑，这自不必多说。因先走一步而幸运免遭刑戮的甚右卫门专门在旅途中使用假钱，其他四名商人也供述自己曾在江户市中使用假币。但总金额并未超过千两。

07

熊
尸

一

某次聊到信仰问题时，半七老人曾这样说：

"以前，当捕吏的都爱去求佛拜神。虽说是为上头做事，但将那么多人绳之以法，难免担心来世的福祉。所以一旦得了空闲，就会去庙里上香。当然，这同时也是为了生计，毕竟要打探情报，就得努力往人多的地方露脸。我也一样。比起上了年纪的现在，年轻的时候去寺庙参拜得更勤，虽然这和所谓的信仰无关。弘化二年（1845）正月二十四，龟户天神社[1]举行莺替神

---

[1] 龟户天神社：位于现东京都江东区，主要供奉天满大神"菅原道真"。

事 [1]。接近中午时，我出了位于神田三河町的家，前往龟户参拜天神。不料，午后八刻（下午二时）许，青山的权太原——写法不知何时改成现在的权田原——有一家武士宅邸起了大火。那天一早就刮起了北风，风势很强，好像要把江户的沙尘石砾一下子全吹上天一样，很不太平，偏偏这头又不巧刮起了'红风'。这两厢一来可不得了，火苗一下子蹿得到处都是。一开始龟户那边也不知道详情，只听说山手方向好像起了火。我琢磨着，在这狂风大作之日起火，情况肯定不容乐观，于是立刻转身往回赶。回到家时大概是傍晚七刻半（下午五时），那个时候青山 [2]、麻布一带的天空已是一片火

---

[1] 莺替神事：每年更换一个新的莺鸟雕像。因"莺"在日语中与"噓（意为谎言）"读音相同，人们用此举祈祷寓意将平时不经意所说的谎话替换为对天神的诚心，同时让过去一年不吉利的事成为"谎话"，从而带来新一年的吉兆。

[2] 青山：位于今东京都港区，在原宿、涩谷附近，地理位置在当时的江户西部。该段下文以及下段出现的地名均在今东京都港区，从地图上看，大火是一路从江户西部的青山一带向南蔓延，直至西南沿海的芝、品川一带。

红。我有熟人住在三田的鱼篮附近，刚好碰上手下松吉，于是就带着他急忙赶往芝的方向，在那里碰上了一件事。"

前面已说过，这场大火起源于青山的权太原，烧完了那一带后又蔓延到麻布，从一本松到鸟居坂、六本木、龙土，再到芝的三田、二本榎、伊皿子、高轮一路延烧，到了夜里五刻（晚上八时）过后才终于平息。换算到现在的时间，这场大火不过烧了约六个小时，但火势蔓延实在太快，最终演变成烧毁一百二十六町的重大火灾。半七赶到三田时，熟人家早已化作灰烬，也不知他们去了哪里避难，这让本已见惯江户火灾的半七也不免目瞪口呆。

"这火烧得也太快了。喂，阿松。没办法了。我们去高轮。"

"去探望伊豆屋？"松吉问。

"照这情况，光探望是不行了，肯定得冒着火星干活。"

高轮的伊豆屋弥平是同行，半七打算去慰问

他，便赶往高轮方向。天色已完全暗了下来，只有通红的火海在欢跃沸腾。两人用湿汗巾捂住脸，撩起衣服下摆扎进腰带，脚下只穿袜子赶路，好不容易来到了高轮的大街上，但也无法再往前了。

猛烈的大风使火势迅速蔓延，两人本以为已将火苗甩在后头，猛然发现前面两三町的房屋都已起火。受波及的民众被火焰前后夹击，逃窜无门，在风与火的威逼之下只好一齐涌向海边。据说，由于火星铺天盖地，逃至海边后失足落海的民众多达几百人。

冲入如此惨烈的火海，两人就算再怎么见过大世面也难免不知所措、进退两难，一不小心，连自己的眉毛都会着火。两人一边躲着头顶落下的火星，一边相互呼喊。

"阿松，小心点！"

"头儿，不行了！去伊豆屋可是要玩命啊！而且现在赶去也来不及了！"

"可能吧。"半七说，"本想着来都来了，不管怎样先去看一眼，看来很难做到了。"

"受伤了可就得不偿失了，还是撤吧！不如先回家准备些饭团再去伊豆屋探望，反正只要火不灭，我们肯定去不了。"

说话间，两人被疯狂抱头鼠窜的人群来回推搡，好几次差点摔倒。大火已烧上主干道，灼热的气息扑面而来，半七也不得不放弃了。

"阿松，我们回去！"

"走吧！"松吉立刻同意，"再磨蹭下去，要是被困在浓烟里可就全完了。"

说着，两人立刻掉头打算往本芝[1]方向走，没想到周围的喊叫声突然增大，慌不择路的人潮如潮水一般涌来，几乎把两人撞倒在地。

"头儿，危险！"

"你也小心！"

两人被人群裹挟着倒退了大概四五间（约10米）的距离，突然发现身边有只巨大的野兽！混乱的火场中，冲天火光胜似白昼，大家很快就看清了

---

[1] 本芝：江户时期地名，现为东京都港区今田町一带。

野兽的真面目：一头魁梧的黑熊。虽然不知道它是打哪儿来的，看样子应该也是被大火所迫，与人类一起寻找逃生之所。对于人类来说，它是个可怕的旅伴。本已在烈火威胁之下四处逃窜的人们，现在又受到了猛兽的恫吓。虽说军旅、战争故事中的火牛之计[1]可谓妇孺皆知，可一旦亲眼看见眼前这头在纷扬火星中咆哮的巨熊，任谁都会感到异常恐惧，失声尖叫着四处逃窜。

当然，巨熊出现也并非为了吓人，它因畏惧火焰而拼命出逃，根本没有咬人的闲心，却不时会直立站起，用强壮的前爪拍飞碍事的路人。被拍倒的人自然无法轻易起身，只得惨遭人群践踏。本已混乱不堪的火场，因猛兽的出现更添一层惊恐与嘈杂。

"危险！危险！"半七不禁朝人群大喊。

"危险！危险！有熊！有熊啊！"松吉也一

---

[1] 火牛之计：在牛角上绑上刀剑，并在牛尾缠上苇草等易燃物点燃，令其冲进敌阵的诡谋。中国战国时齐国大将田单、日本平安末期武将木曾义仲均用过此战法。

起喊。

"有熊！有熊！"众人也边逃边喊。

就在这时，有个十七八岁的年轻女孩被一个看似婢女的女子拉着钻进了人群，着急忙慌之下，恰好挡住了黑熊的去路。狂怒的黑熊直直站起，挥下前爪眼看就要袭击那拦路的女孩。千钧一发之际，一个年轻男子跌跌撞撞地冲进来，一把搂住了熊的身体。他似乎知道怎么对付熊，只见他用头牢牢顶住黑熊脖子下月牙形白毛的位置，双手紧紧抓住了黑熊的前爪，然而最终还是被黑熊大力甩飞，重重摔在了地上。

这虽然只是一瞬间的事，但在他舍身挡住黑熊之时，女孩和婢女都安全逃离了危险。不仅如此，有人正面迎击了黑熊，接着还砍伤了其喉部白毛处的弱点。斩熊的是两位武士，抽出的刀锋闪着寒光。黑熊轰然倒地，两位武士见黑熊已死，便不知退避到了何处。

"他们俩似乎是西国某藩的父子俩。"半七老人解释道，"听说日后事迹传开，他们也受到了殿下的褒奖。这么厉害的人却不知其名讳，这功劳堪比永代桥坍塌事故[1]时在桥上拔刀在半空中挥舞，用刀光预警民众的武士们。"

<hr />

[1] 永代桥坍塌事故：文化四年（1807）八月十九，深川的八幡宫举行暌违十二年的祭典，吸引了大量民众参加。没想到人潮竟将隅田川上的永代桥压垮，导致大量民众落水（奉行所公布的死亡人数为 440 人，一说实际死亡人数超 1500 人）。据说有几位武士察觉到危险，一手扶着栏杆，一手抽出佩刀在空中挥舞，通过刀身反射阳光向后方不知情的民众示警，使许多人幸免于难。

二

熊虽然被杀死了，但那个舍身拦熊的年轻男子还躺在地上，似乎无法凭自己的力量爬起来。若是置之不理，他很可能被逃窜的人群踩踏致死，于是半七立刻跑过去将他抱起，松吉也赶了过来，先把他从一片混乱中救了出来。

"头儿，要把他搬去哪儿？"

混乱中什么也做不了，所以半七就让松吉背着男子，自己在前面开道，好不容易远离混乱的失火现场，穿过本芝来到了金杉。这里是上风口，因此没那么吵闹。两人觉得来到这里应该安全了，就将伤员背进警备所，姑且喘口气。

"敢问两位姓名，多谢两位搭救。"被松吉放下后，男子道谢道。

既然能开口致谢，那应该没什么大事。半七放下心，与警备所的人一起照顾他，发现他除了左臂被熊打伤以外，并无其他严重的伤口。警备所的人出去请附近的郎中，他则报上了姓名。他叫勘藏，出身加贺 [1]，三年前来到江户田町一处叫车汤的澡堂当搓背工。

"家里被烧了？"半七问。

"我也不清楚……只是见到天上飘满了火星，慌忙逃了出来。"

"差点遭遇黑熊袭击的那个姑娘，是你家小姐？"

"不。她是隔了一户的邻居，一家叫备前屋的药材店的女儿。"勘藏回答，"我和大伙儿一起逃跑时，正好看见她们遇难，什么也没想就冲了过去。哎呀，真是危险。"

"你做了件很了不起的事。"半七赞扬道，"你吃了那黑熊一掌，受点伤也就罢了，若是那个柔弱的小丫头被抓住，那她不知要受多重的伤。备前屋

---

[1] 加贺：今日本石川县南部地区。

必定会对你感恩戴德。那位姑娘叫什么？"

"她叫阿绢，是备前屋的独生女。"

"备前屋可是家老字号。他们家的独生女险遭黑熊毒手之际得你仗义相助，他们对你如何千恩万谢都不为过。"

说话间，郎中来了。他检查了勘藏的伤处，说是左肩骨头有恙，怕是一时半会儿好不了，但保证没有生命危险。于是半七就将他托付给警备所，自己回家了。

第二天早晨，半七又带着松吉去高轮探望，发现伊豆屋终究还是被烧毁了。两人去伊豆屋避难的地方探望了同行，又去三田鱼篮熟人的避难处慰问，然后在傍晚回家的路上，半七说起了昨晚勘藏的事。两人一边猜测他之后怎么样了，一边来到了田町。所幸车汤和备前屋都靠近本芝，两家都没有被烧。半七先去车汤找老板娘打听了一番，后者说他在警备所包扎了左臂后就回来了，但因疼痛一直不见好转，现在还躺在床上。

"备前屋派人来探望了吗？"半七又问。

"没有，一次都没来过。"澡堂老板娘忿忿不平地说，"您说说，这备前屋是不是太过分了？我家勘藏可是救了他们家女儿的命，要说起来就是他们家的救命恩人。他们家业那么大，却一次没来探望过，是不是于情于理都太说不过去了？"

老板娘气愤地表示，这不仅是对勘藏的无情无义，更是对身为勘藏雇主的自己失礼失德，甚至说出了"备前屋无非是看不起这边是女人当家"这种有些偏执的妇人牢骚。撇开这偏执与牢骚不谈，半七也觉得备前屋这种装聋作哑的态度着实不合情理。

"会不会是因为备前屋忙着善后，还没听说这件事？"

"怎么会没听说？"老板娘露出染黑的牙齿，咬牙切齿地说，"连备前屋的小学徒都在讲，说小姐阿绢差点被熊吃掉，得亏我家勘藏出手相救……既然连下面的人都知道了，做主人的怎可能不知？再说了，当时不还有个婢女跟在他们家小姐身边吗？"

“这话倒是没错。”半七和松吉对视一眼，“不管怎么说，勘藏太可怜了。我帮你们去和备前屋说说吧。这毕竟不是随随便便就能痊愈的小伤，如果不想办法交涉一下，让他们至少把治疗费出了，那不仅勘藏可怜，你们铺子上的生意也会受影响吧。”

“那就有劳您了。不过，那备前屋可是町中出名的刻薄无情。”

“吝啬也好、刻薄也好，做人总得讲点道理！”松吉噘起嘴不快地说，“这种事要是听之任之，他们就会蹬鼻子上脸！是吧，头儿？我们这就去找他们理论，收拾他们一顿！”

“收拾倒不至于，咱们跟他们讲讲理，谈判一下吧。”

两人随即来到备前屋，见屋里堆满了昨晚火灾时抢救出来的家财工具，一片狼藉，眼前全是灰尘，鼻中全是药味。虽觉得在人家如此忙乱之际来交涉谈判不太好，但半七还是叫住正在店里干活的伙计，打听店主在哪儿。伙计说，店主夫妇和女儿去桥场的亲戚家避难了。于是半七就让他去叫掌柜。不一会儿，一个四十出头的男人一边解下束袖子的手巾，一边走了出来。

"我就是掌柜四郎兵卫。"

报上自己的身份后，半七说起了昨晚的黑熊事件，说车汤的勘藏确实挺身而出救了备前屋女儿一命，是自己和松吉亲眼所见。现在勘藏虽然性命无虞，但伤势很重。半七认为，他只是个搓澡工，长时间的治疗大概很可能让他捉襟见肘，因此想请掌柜与主人商量一下，照顾照顾勘藏。当然，这并非公差，只是自己从头到尾见证此事，总不能视若无睹，所以才来插手。半七诚恳地说明原委之后，四郎兵卫思索了一阵。

"其实，勘藏受伤的事我已经知道了。本想去探望一下，但如您所见，我这里乱作一团，什么都没收拾好。关于此事，是勘藏对您说了什么吗？"

"不是他叫我来的，是我见他实在可怜，才想为他尽些力。掌柜的，您看怎么样？"

"我明白了。"四郎兵卫温和地回答，"此事会禀报主人，妥善处理的。照您这么说，当真不是勘藏委托您来的？"

虽有些疑惑他为何如此几次三番确认，但半七还是坚称自己并非受人所托，然后就告辞了。

"真是个怪人。为什么要翻来覆去地问？就算是勘藏拜托的又怎么样。"出了店门，松吉就悄声说道。

"嗯，那种店里的掌柜嘛，经常出些莫名其妙的禽兽。"半七笑道，"说到禽兽，那头熊不知道怎么样了。武士杀了它就走了，那尸体去哪儿了呢？这又不是猫猫狗狗可以捡起来随手一丢，看来是被人拖走了。难道是品川的人干的？"

"可能。"松吉也点了点头，"但也不一定就是品川的人干的。这世上利欲熏心的家伙多了去了，也许想拿它换钱，趁乱把它抬走了也说不准。说到底，那熊到底是从哪里跑出来的？"

"谁知道。江户中心又不可能无端住了头熊。估计是哪里的杂耍艺人家里养的，失火时受了惊吓逃出来的吧。按照刚才伊豆屋的说法，那熊可伤了二十人啊。不过这种传闻多少会有夸大，就算折半，那也得有十来个人遭了这飞来横祸。这世道，真是无奇不有。"

那天，两人就此打道回府，黑熊的传闻却愈传越盛。原来那熊是麻布古川附近一家熊膏药铺养着当招牌的。这铺子是一对父女所开，两人将那熊当自己的儿女一般疼爱，但着火时还是让它逃了。铺子被烧，招牌黑熊逃跑，更要命的是这熊还伤了许多人。听说这对父女怕被问责，现在早已不知去向。

但黑熊的尸首究竟去了哪里，谁也不知道。

三

过了两三天，半七听说备前屋给车汤的勘藏送去了十两慰问金。

店主夫妇和女儿已从桥场的亲戚家回来，但女儿阿绢似乎在火场动荡中受了惊，回来以后身体不适，一直躺在病榻上。也不知是不是发烧说胡话，她时不时还会说"啊，熊来了"之类的呓语，让家里人无比担心。在那个时代，十两金子已是一大笔钱。也许是因为这钱让勘藏得到了悉心治疗，听说他手臂上的伤渐渐痊愈，半七心里也甚是欢喜。

那年春天很快过去，时节来到四月，初夏的第一批鲣鱼也上市了。某个晴天，勘藏穿着崭新的夹衣，带着一匣子点心来了神田三河町的半七家道谢。

"怎么样？手臂已经好了？"半七问。

"多谢。托您的福，已经痊愈了。之前劳您费心了。老板娘也让我代她问候您。"

"不管怎么说，你能这么快好起来是万幸。"半七开心地说，"说起来，备前屋的女儿怎么样了？听说她惊吓过度，患了病……"

"确实如此。前段时间总是恍恍惚惚的，时不时还闹着说熊来了，她父母好像也不知该拿她怎么办。备前屋店面虽大，内宅却小。听说他们本打算再把小姐送去桥场休养一阵，但她最近似乎好了很多，也不知最后究竟怎样了。"

"原来如此，这确实伤脑筋。"半七皱起了眉头，"你好不容易救了她，她却这个样子，这就没意义了吗？不过那种病嘛，不能总是喝药。只要给她找个清静的地方，让她慢慢缓过神来，自然就会好吧。"

"或许如此吧。"

勘藏再三道谢后便回去了。由于一开始就没太挂心，半七渐渐也就忘了备前屋女儿的传闻。到了月末，半七去三田一带时，顺道拜访了久违的高轮伊豆屋。被烧毁的房屋已重新建好，不巧的是主人弥平因为风寒卧床不起，但一看半七来了，他甚是高兴。

"哟，三河町，来得正好。其实我身上有件差事，可你看我这样子，也没法走动。话虽如此，我也不放心把这事全权丢给那帮年轻小子干。这不，正好你来了。怎么样？要不要代替我来发号施令，劳动劳动那帮小子？"

"是什么样的差事？"

"田町有家叫备前屋的药材铺，他们家女儿被杀了。"

"备前屋的女儿被杀了……"半七有些震惊，"知道凶手是谁吗？"

据弥平称，备前屋阿绢的尸体是在高轮的海边发现的，说是凶手拖着尸体打算抛入海中时，不巧碰上了过路人，于是慌忙丢下尸体跑了。阿绢的胸口插了一把利刃。不久前还病得恍恍惚惚、每天睡睡醒醒的一个女子，能下床还没几天呢，为什么要半夜溜出家门？到底是谁杀了她？谁也不知道。

"不过，有样东西想给你看看。"弥平从被褥下拿出一个纸包，"这个，你先帮我鉴定一下是什么。"

"好像是兽毛。"半七打开纸包看了看说，"不像猫狗身上的。这到底是什么毛呢。"

半七心里忽然浮现出之前的那头黑熊，听说遇害姑娘的右手就捏着五六根这种兽毛。半七沉思了一会儿。

"我手下的阿彦那小子觉得这可能是条线索，就趁仵作还没来，悄悄从尸体手上扒下来了。那家伙，机灵得很。怎么样，三河町？能不能帮上忙？"

"嗯，大功一件啊！我就试试在这上面做文章吧。"

于是，弥平把手下的年轻小卒彦八叫到跟前，让他详细复述了一遍备前屋女儿的死状。正如弥平所说，这个年轻人非常机灵，情况也复述得非常清晰明了，半七终归没有亲眼所见，心里总觉得有些不顺溜。备前屋女儿手里拽着的兽毛确实像是熊毛，这让半七产生了不少兴趣。他在伊豆屋吃了午饭，随后便带着彦八出了门。

"头儿，有事尽管吩咐。"彦八圆滑地说。

"不，这儿可是你们的地盘，我就是个睁眼瞎，什么都不清楚。不过嘛，还要请你多多关照。"

可眼下要从哪儿查起呢？半七打算先去备前屋打听一下，找找线索，于是就急匆匆赶往田町，途中遇上一个二十五六岁的男人跟彦八打了声招呼。

"那小子是谁？"半七悄悄问彦八。

"他叫六三郎，是个整天赌博的二流子。"

"六三郎……名字倒挺风流[1]。你去，把那个六三郎给我拉过来，就说阿园找他。我没开玩笑。这是公务，快去！"

一听说这是公务，彦八立刻回头，跑去把六三郎拉了回来。时节已是四月末，六三郎却似没钱换季，身上还穿着一件脏兮兮的女性夹衣。半七觉得

---

[1] 六三郎：与后文的"阿园"同为净琉璃、歌舞伎剧《八重霞浪花浜荻》的男女主角。原型为宽延二年（1749）在大阪跳河殉情的一对男女。冈本绮堂也以此题材写过歌舞伎剧本《心中浪花春雨》。

他就是个下流东西，一张口就来了个下马威。

"喂，阿六。你小子，干了件挺不要脸的事儿吧？赶紧给我招了！"

"哎，您说什么呢？"

"臭小子，还装蒜，你领口那是什么？总不是千手观音[1]在上头爬吧？仔细瞅瞅！"

原来六三郎的领子上挂着两根黑色的毛。彦八这才察觉，仔细一看，那黑毛和备前屋女儿手里攥着的兽毛是一样的。彦八立刻警惕地拉住了六三郎的手。

"原来如此。头儿的眼睛果然敏锐。喂，臭小子！还不快招！"

"哎呀，慢着。"半七制止道，"虽然他是个浑蛋，但也不能在大道上审讯，还是带到警备所去吧。"

于是两人把六三郎带去了附近的警备所。刚一进门，年轻的彦八就大吼起来。

---

[1] 千手观音：虱子的俗称。

"这位是三河町的半七头儿。我家头儿现在卧病在床，今天让半七头儿代理，他下手可比我家头儿重那么一点，你做好心理准备。你领口上沾着的东西引起了头儿的怀疑。好了，赶紧把一切都给我吐出来！这时节，连站哨的老爷子都不抱着长毛狗睡觉了，你身上怎么会沾着野兽的毛？说啊！"

"你领子上沾的肯定是熊的毛。"半七也说，"好麻烦，我懒得跟你掰扯了。备前屋那个叫阿绢的姑娘，是你杀的吧？是劫财？报怨？还是拐卖？快说！"

审讯者和被审讯者，两者的地位从一开始就不平等，所以六三郎丝毫没有反抗，立刻就招了。

"事情到了这个地步，我全都招！但备前屋的姑娘真不是我杀的，求两位大哥开恩。你们可能以为我扯谎，但这事真的匪夷所思。"

今年正月，他赌博输了个精光，天天躲在家里不敢出门，只能躲在狭窄的陋居里捧着暖手炉打发日子。这时发生了那场大火。身无长物的他如同久旱逢甘霖，一溜烟跑了出去。本想趁乱在火场偷点东西，但由于风火太烈没能得逞，只能披着火星随人群逃窜。这时，不知从哪里冲出一头狂暴的黑熊，把他吓呆了。随即有两位武士制伏了黑熊，他也松了口气，此时恰好遇见相熟的人力车夫百助，两人一商量，当下扛着熊尸逃走了。他俩平日里就听说熊胆和熊皮能卖很高的价钱。

两人不管三七二十一，先将熊尸扛进了六三郎家。但两人都是外行，不知该如何处理熊尸，于是将它在外廊底下藏了两天，这期间百助去找自己认识的皮革铺谈买卖，但后者看穿了熊尸的来历，趁机拼命砍价，惹得两人大怒，最终没能谈成。然而这种会腐烂的东西又不能放着不管，所以他们又从品川叫来一个叫传吉的男人，约好卖了钱三人平分，然后趁着夜黑风高将熊尸搬进了高轮的后山。处理生皮虽然困难，但传吉略会一点，便在篝火前费劲地切开黑熊的肚子，剥下了熊皮，却无法分辨最重要的熊胆。本以为只要切开熊肚自然会知晓哪个是熊胆的三人，事到如今却犯了难。

于是他们重新商量了一阵，决定再拉一个人进来，那就是备前屋的掌柜四郎兵卫。他是大药材铺的掌柜，肯定能分辨熊胆。三人决定拉他入伙，通过他把熊胆卖给备前屋的铺主，当下就先挖个坑，先把熊尸埋了。传吉说自己可以帮忙鞣皮，于是就把生皮带走了。这次虽然商定了方针，但他们与四郎兵卫并不相熟，总不能突然把他叫出来，直接开始商量生意，六三郎就想到让车汤的勘藏来牵线搭桥。

　　勘藏是四郎兵卫的同乡，靠着四郎兵卫来到江户，并在他的关照下成了搓澡工，住进了附近的车汤。因为这层关系，勘藏一直仰仗四郎兵卫的照拂。更重要的是，此次他为了救备前屋女儿而受了重伤，与这黑熊可谓有剪不断的因缘。六三郎觉得让他居中游说最为方便，于是第二天就去了勘藏家。勘藏正抱着疼痛不止的手臂躺在床上。至于向备前屋推销熊胆的事，他犹豫了一阵，最终还是入了伙，说等自己能下床就去找掌柜商量。然而生鲜的东西哪能久放？正当六三郎劝说勘藏尽早去协商时，正巧碰上掌柜四郎兵卫奉主人之命来探望勘藏，于是三人就在床边商量起来，四郎兵卫答应，只要价钱合适，他可以接下这桩买卖。

当晚，六三郎就带着四郎兵卫来到高轮的后山，偷偷去了埋熊尸的地方，却发现昨晚新挖的泥土好似被人翻动过，心头顿觉不妙。他慌忙挖开泥土，新鲜的熊尸还原样埋在里面，但四郎兵卫说最重要的熊胆不见了。六三郎大吃一惊。四郎兵卫又说，应该是有人抢在他们之前挖出尸体盗走了熊胆，六三郎听后又吃惊又失望。四郎兵卫一脸遗憾地回去了。六三郎怀疑是品川的传吉和人力车夫百助偷了熊胆，立刻去质问两人，他俩则一口咬定自己什么都不知道。双方争得面红耳赤，终究没争出个结果。至此，三人忙活了半天，只拿到了传吉手上的那张熊皮。

四

在六三郎怀疑传吉和百助的同时，两人也在怀疑六三郎，一拨人自然也就闹了内讧。传吉虽已把生皮鞣好，但处处找借口，不肯老实交出，搞得六三郎非常恼火。六三郎虽不知一张熊皮究竟值多少，但费尽千辛万苦得到的东西却被那两人霸占，实在可恨。他几次三番去车夫百助家讨要，却次次都是气急败坏地大吵一架回来。某天晚上，百助却带着熊皮主动来了六三郎家。

百助说，皮已经鞣好，无奈没有销路，所以他们可以把熊皮留给六三郎，只要他付三两金子的辛苦费。六三郎哪有这个钱，也觉得没必要付，所以一口拒绝。两人又大吵一架，百助火冒三丈，扬言要把这兽皮当证据，把六三郎的罪证全捅到官府去，然后就跑走了。这事要告了官，百助也是同罪，六三郎觉得他不会如此鲁莽。然而六三郎天性胆小，心里总觉得不安，于是就追了出去。他追到高轮的海边，打算把百助拉回去。百助大概是想吓唬吓唬他，甩掉他的胳膊执意往前走。接着两个人就在夜晚的海边扭打起来。六三郎急于夺回证据，从百助手里抢过熊皮，但立刻又被百助抢了回去。争抢中，毛皮被丢在一旁，两个人拼死扭打起来。

正当两人打作一团时，背后突然传来了女人的呜咽。他俩吃惊地回头一看，发现有个女人倒在了地上。两人暂停争吵，过去想把女人扶起来，没想到她正好倒在两人丢在一边的熊皮上，手还因为痛苦而紧紧抓着熊皮。再仔细一看，女人的胸口附近好像流出了温热的血。两人见状又大吃一惊。百助恐有后患，抢先逃走。六三郎也想逃之夭夭，转念一想又怕那熊皮成为证据，于是折回来把它从女人手里扯下来，然后逃走了。

如此一来，阿绢、六三郎和熊毛之间的关系算是厘清了，但杀害阿绢的凶手仍未查明。六三郎坚称自己不知道，看样子也不像在说谎，因此单纯以火场偷盗之罪被送去了大警备所。之后，沾了血的熊皮也在六三郎家的外廊底下被发现。

"到底是谁杀了阿绢？"半七左思右想。

半七先去了趟备前屋，掌柜四郎兵卫脸色煞白地从里头出来了。半七先对家主千金的去世表示了惋惜，接着问他知不知道姑娘为何半夜离家，以及凶手是谁，四郎兵卫则说完全不知。半七注意到，他不知怎的有些心神不宁、眼神游移。

"铺内有室内浴室吗？"半七又问。

"有。虽然铺里的人都去车汤洗澡，但内宅是有室内浴室的。"

"最近浴室有过破损吗？"

"您怎么知道……"四郎兵卫看向半七，"浴盆很旧了，时不时会坏。去年年底就坏过一次，四五天前又坏了，木匠又迟迟不过来，正犯愁呢。"

"浴室损坏期间，内宅的人也去车汤洗澡吗？"

"对。没办法，只能去町里的公共澡堂。"

听完这些情况，半七去了车汤。他把正在烧锅炉的勘藏叫出来，悄声说道："喂，上回多谢你了。这次找你有点小事，跟我来一趟吧。"

"是。要去哪儿……"

"别管去哪儿，总之一时半会儿怕是回不来了，你还是先去跟老板娘请个假吧。"

勘藏立刻面如土色，拖着恍惚的脚步跟着半七去警备所，时不时地抬眼望向晴空。

"你前些日子送来的点心很精致，备前屋的女儿也很标致吧？"半七边走边说。

勘藏默不作声。

"那姑娘有相好的吗？"

"不知道。"

"你不知道才怪。"半七嘲笑道，"是桥场亲戚家的人吧？姑娘嚷嚷着'熊来了'这种无聊的胡话，其实是想让家人再把自己送去桥场吧？因火灾而结缘，简直是八百屋阿七[1]嘛。得亏她没放火烧

---

[1] 八百屋阿七：江户时代前期，江户本乡一家蔬果铺的女儿阿七因火灾前往寺院避难时与寺里的侍童相恋，回家后竟幻想若再次发生火灾就可以又见到情郎，于是亲手纵火，最后被判火刑。

自己家。还有，假意帮她，把她骗出家门的那家伙也不是个东西。"

勘藏依旧一言不发地低着头。

"我听说去年年底，备前屋的浴室坏了，那姑娘到你的澡堂去了吧？"半七又笑了，"当时给她搓背的是不是你？毕竟是容貌姣好又芳龄待嫁的闺阁少女，皮肤肯定特别细腻顺滑。于是你就成了久米仙人[1]，怪不得拼了命去拦那头黑熊。然而，自己舍命相救的姑娘在去桥场避难期间有了情郎，回家后依旧恋恋不舍，为了回桥场而特意装病，嚷嚷着什么'熊来了，熊来了'。然而计谋没有得逞，姑娘正暗自焦虑，偏巧家里的浴室又坏了。我说，是不是这样？于是她又去了你的澡堂，你这久米仙人就在给她搓背时趁机劝诱，假意亲切地跟她

---

[1] 久米仙人：传说中的仙人。参得空中飞行之术后，一日于空中看见一位河边洗衣女露出的洁白大腿，忽生凡心而坠地，娶该女子为妻并还归俗世。之后在天皇迁都之际，因凭借其飞行能力在空中搬运木材而得天皇赐田，建立了久米寺。

说自己愿意领她去桥场，所以那年轻姑娘才会不顾前后地受你诓骗，昨晚悄悄溜出家门，外面有人等她……之后的事我就不知道了。喂，勘藏，别总让我一个人说呀，你怎么不说话？垫场戏说到这儿也差不多了，重头戏还得仰仗你哩。"

说着，半七重重一拍勘藏的背，后者一个趔趄，几乎倒地。

"这故事说到这儿，大抵也就结束了。"半七老人缓了口气，"据勘藏供述，前一年年底看见备前屋女儿柔嫩的肌肤时，他并未动想入非非之心。火灾过后，家里忙着收拾善后时，姑娘在桥场亲戚家避难，竟和那边铺里的伙计好上了。回来后，她就装病，毫不知情的父母则忧心忡忡。本已商量着要不要再送她去桥场疗养，最终还是作罢。店里有个伙计不知从哪里打听到了自家小姐在桥场的情事，去男澡堂时不慎说漏了嘴。勘藏得知了此事，突然觉得恼火。这时候，恰逢家里的浴室再次损坏，姑娘又来车汤洗澡。勘藏再也忍受不了，就在给她搓背时花言巧语把她邀约了出来。"

"姑娘是一个人去女澡堂的？"我问。

"不，有个婢女陪着，当时她正在泡澡间的入口处和乡里人聊天，勘藏才趁机在姑娘耳边吹风。这姑娘也是，本来继续装病或许就能平安达成目的，但天气越来越热，她渐渐耐不住，一朝疏忽去了车汤算是她运数已尽。勘藏谎称要领她去桥场，邀姑娘半夜出门，本打算暂时把她藏在品川的朋友家，但桥场和品川根本就在两个方向上，饶是这不谙世故的小姑娘也起了疑心，在半道上就扭扭捏捏不肯走了。勘藏心急如焚，硬拽着姑娘往前，搞得人家心里害怕起来，开始大声呼号逃跑。这么一来，事情就恐怖了。勘藏勃然大怒。他身上带了把小刀，本打算在姑娘不听话时威胁并强暴她，这会儿他就抽出小刀，心下一横直接捅进了姑娘胸口。当然，他本来打算自尽，不巧六三郎和百助赶了过来。他一害怕，就逃了。"

"所以，直到最后都不知道是谁偷了熊胆？"我又问。

"这事说来话长。简单来说，挖出熊尸偷走熊胆的是备前屋的掌柜四郎兵卫。他在白天和两人商量时就从六三郎口中打听出了埋熊尸的地点，日落之后就捷足先登，霸占了熊胆。哎呀，真不是个东西……事情败露之后，四郎兵卫也遭抓捕，倒是品川的传吉不知道躲去哪儿了，最后也没抓着。审讯后，勘藏自然被判斩首，六三郎、百助和四郎兵卫则三人同罪。当时与现在不同，火场盗窃是重罪，但由于他们偷的不是衣柜、衣箱、卧具被褥之类，而是熊尸，罪过也就减轻了许多。如果我没记错的话，他们应该只是被逐出了江户。"

08

甜酒婆

一

"又要讲鬼故事?"半七老人笑道,"时值秋季,今晚还下着雨,确实适合讲鬼故事,奈何我没故事可讲呀。与现在不同,江户时代盛传诸多鬼怪传说。我也听过许多,但经手的案子里涉及鬼故事的其实很少。以前讲过的津国屋事件,查到最后也不过是那样。"

"但那故事非常有意思。"我说,"还有没有类似的?"

"这个嘛……"半七老人歪头想了想,"虽然与津国屋事件的走向有些不同,但确实有个很离奇的故事,甚至连我也不太清楚真相。"

"发生了什么?"我催促道。

"哎,你少安毋躁,真是个性急的小子。"

老人似在故意卖关子惹人心焦,竟悠悠地喝起了茶。秋雨哗哗下个不停。

"这雨下得好大。"

老人侧耳倾听外面的雨声，微微仰视头顶的电灯，过了一会儿才开口道：

"安政四年（1857）正月到三月这三个月间，民间到处流传一件怪事，说是每天日暮六刻——也就是俗称的'逢魔时刻'——都会有一个阿婆出来卖甜酒。她是女人，所以不挑酒担，而是用脏布巾包着一个箱子，扛在肩上，沿街叫卖甜酒浆。若只是如此，倒也没什么稀奇的，只是这阿婆决不会在白天出现，每每都是等太阳下山，寺里传出傍晚六刻的钟声后，她才跟收到了信号似的，不知从何处悠悠而来。这样其实依旧算不上离奇，离奇的是，只要有人不慎接近那婆子，就一定会生病，轻则躺个七天十天，重则一命呜呼，委实恐怖。这传闻飞遍大街小巷，闹得有些胆小者甚至不敢在逢魔时刻上澡堂。现在的人若碰上这样的事，大概会当场嗤之以鼻。可那时的人心眼实，一听见这样的风声就吓得瑟瑟发抖。而且事实胜于雄辩，眼下已经有好几个人在遇见那个阿婆后病倒，由不得人不信。你觉得呢？"

我无法立刻回答，只是默默盯着对方。老人一副了然的神情，徐徐讲起这鬼故事。

据见过那个怪阿婆的人说，她应当已过了七十岁，用手巾裹着麻线般泛黄的白发，紧紧扎在脑后。她身穿夹衣，那袖兜窄得几乎像是窄袖，外面罩一件手织短袖条纹面短褂，一侧衣角撩起别在腰带里，脚穿草履，走起路来啪嗒作响。但是，没人仔细看过她的长相。曾与她有一面之缘的人也只是各自记住了不同的特征，比如猫头鹰般的大眼、鹰钩鼻、骸骨般白中泛黄的牙齿等等，却无法从中拼凑出一张像样的人脸。

她并非漫无目的地到处闲逛，而是沿街叫卖甜酒。虽有许多不知情的人买了她的甜酒，但并未有人因此中毒。此外，并非所有买了甜酒的人都会病倒，偶然路遇她的人中也有安然无恙的。换句话说，是否中招全看运气，有人倒霉运，有人平安无事。总之，那阿婆并未对他们做什么，只是无言地擦肩而过，而不幸之人就会在刹那间被恐怖灾厄缠身。

被看不见的鬼怪缠身之人，最初会如罹患疟疾般时时突发寒战，苦不堪言。三四日后，更加怪异的症状便会显露出来。病人会低着头伸长双腿，双手伸直垂在腰际，以怪异的动作爬行，看上去宛如一条游鱼或蜿蜒前进的蛇。但他们也并非在家中到处乱爬，爬行范围大致局限于垫被范围之内，前后左右蠕动。那模样与其说像鱼，不如说更像蛇，因此照看病人者也感到毛骨悚然。不知是不是心理作用，病人的眼睛也变得如蛇一般阴森，不时吐出猩红的舌头。如此惊悚的病症持续三五天后，病人的高热会忽然退去，人也一下子痊愈，但对病中发生的一切一无所知，别人问什么都茫然不知。这只是轻症患者。若是重症，怪异症状便会一直持续，甚至有拼命挣扎之下精疲力竭，最终凄惨死去的。若只死了一两人，或许还可推说是他们杀蛇后遭了报应。然而死者甚众，总不能说他们个个都杀过蛇，更别说里头还有小姑娘，别说杀蛇了，恐怕连见了十二生肖画中的蛇都会畏缩，因此无法归咎于蛇的报复。

"话虽如此，病人扭曲蠕动的样子真的怎么看都是蛇。"

兴许人未害过蛇，可蛇偏想要害人吧。自古以来，蛇纠缠人的传说数量众多。不管怎么想，那阿婆都该是蛇变的，并且出于某种意图盯上了那些男男女女。此种说法最终占了上风，众人都认定那怪阿婆的真身是蛇。后来再经过一番添油加醋，就有人好似亲眼所见一般到处张扬，说有个胆大的男子悄悄尾随卖甜酒的阿婆，发现她竟渡过不忍池水，不知消失到哪儿去了。也有人煞有介事地跟人解释，说拜谒不忍辩才天，并在巳日求得护身符的人便能避开此祸。

此事传入町奉行所的耳朵，差役们也无法坐视不理了。按照这个时代的律法，以此种古怪传闻惊扰百姓的人皆应受到惩戒，但因眼下的传闻并非毫无事实根据，于是便决定先调查引发传闻的当事人，便是那个卖甜酒的阿婆。因她走街串巷的范围并不固定，全江户的捕吏都受命调查她的底细，亦可视情况将其当场捉拿。

八丁堀同心伊丹文五郎唤来半七低声道：

"此次事件不知你怎么看，一不小心或许就是磔刑重案。你心里有个准备，好好干吧。"

"莫非是十字架？"

半七用食指在空中画出一个十字。文五郎点点头。

"你眼力着实不错。什么蛇妖作祟，不可当真。此事说不定涉及切支丹，兴许是他们行的什么邪法，你按那个方向查查。"

文五郎的想法与自己不谋而合，半七即刻应下，随后便离开了。只是，半七暂时还未找到调查方向，不知该从何处入手。回家后，半七闭眼沉思了一阵，接着朝厨房喊道：

"喂，有人在吗？"

"是。"

厨房前的六叠间内，正围坐在大火盆边的善八和幸次郎起身咚咚赶了过来。

"你们知道那个卖甜酒的阿婆吗？"半七问。

"没遇着过，只听过传闻。"善八回答。

"伊丹老爷已下了命令，咱们只能设法把事情办了。此案并非仅指派我，而是全江户的捕吏一起动手，所以谁动作快谁胜。有个法子虽然笨，但却是惯例，只能先这么做。你们几个分头去查甜酒铺子。那阿婆不可能自家酿酒，定是每日从某个铺子进的货。你们挨个儿去铺子问，看看有没有怪阿婆来买甜酒。我猜大伙儿都会从这一点着手，为了找寻线索，你们一定要问仔细些。"

派出两名小卒后，半七用完响午饭，三月底的春日晴朗明媚。半七没法在家中呆坐，于是漫无目的地出了家门，从百本杭[1]沿着大川[2]往吾妻桥方向信步走去。向岛的樱树上樱花还未落尽，时不时能遇见赏晚樱的男男女女。热闹的人群中，一个愁

---

[1] 百本杭：江户时代两国桥西端隅田川边有大量防波用的木桩，日语称之为"杭"，因而将今东京都墨田区两国一丁目至横网一丁目一带称为"百本杭"。

[2] 大川：隅田川。特指从吾妻桥至入海口的河段。

眉苦脸的年轻男子正垂头丧气地走着，不经意抬起苍白的脸一看，正好望见半七的身影。男子有些畏缩，但还是悄悄跟在了半七后头。

半七起初佯装不知，但男子悄悄尾随了三四间距离，还不时偷眼打量半七。半七心头火起，停下了脚步。

"喂，大哥！莫非你找我有事？赏花时节跟在人家后头，人家会以为你是扒手。"

遭半七怒视的男子越发胆怯，小声郑重赔罪一声，呆站在原地不动了。半七觉得他讨厌，转身便走，行了好一段路才忽然想到，那年轻男子的样貌和打扮都不像扒手。虽然自己不认识对方，但对方兴许认得自己，想跟自己说些什么，却又因心里害怕而没能说出口。若真是如此，自己方才的语气真不该如此凶恶。半七有些自责地转身，但已望不见男子的身影。

二

两日后的七刻过后（下午四时许），善八和幸次郎比肩坐在半七家的长火盆前。两人已与其他小卒分头将全江户的甜酒铺逐一问过一遍，可那怪阿婆似乎并非每日都在同一家铺子进货。一开始，她连续半个多月造访本所四目[1]一家叫大阪屋的铺子，之后就再没去过。最近也是在四目，连续三日去了水户屋。水户屋知道她的传闻，便让一个年轻伙计悄悄跟在她后头，见她慢吞吞地往浅草方向去了。可那老太婆只是一个劲往前走，那伙计后来没了耐性，中途便无功而返，因此未能查到那阿婆的住处。店铺派人尾随的事恐怕已被她察觉，第二

---

[1] 四目：指江户时期本所区域架设在竖川上的四目桥周边，今东京都墨田区锦糸町一带。

天起，她消瘦的身影便再没出现在水户屋。这是三月初的事，之后她去了哪里的铺子进货，就无人知晓了。

"不过头儿，我们还打听到了一件怪事。"善八说，"还是和那个甜酒阿婆有关。事情据说发生在五六日前午后，浅草马道有家当铺叫河内屋。那里的婢女阿熊去附近跑腿，不久却面色苍白地冲了回来，躲进自己的三叠房里缩成一团，怎么也不出来。众人都有些莫名其妙。后来，也不知谁说河内屋后门有个奇怪的老太婆鬼鬼祟祟地往里偷瞄，铺里的掌柜和小伙计们过去一瞧，发现有个身形极为单薄的老太婆正直直地站在外头。众人心觉奇怪，当时又是大白天，便大声呵斥对方。那老太婆不悦地死盯着他们瞧了一阵，接着就乖乖离开了。人走了是好，谁知当晚就有个掌柜和一个小伙计跟患了疟疾似的突然全身发颤，高烧不退，在铺盖上扭曲蠕动。大夫看了也说不知是什么病。由于对方是个古怪老太婆，众人就说一定是那个甜酒婆，听说如今全家上下都吓得寒毛直竖呢。当时过去查看的是两个掌柜和一个小伙计。其中一个掌柜似乎逃过一劫，至今无事，其他两人都成了牺牲品，您说奇怪不奇怪？如此看来，那阿婆不仅夜里走街串巷，白天必定也在四处徘徊，那一带的街坊都吓得脸色发青。"

"那个叫阿熊的婢女呢？她没事？"

"那婢女好像没什么事，听说是出去跑腿，中途被怪阿婆尾随。她心里发怵，忙不迭逃了回来。"

"你见过那女人没有？"

"没有。据说是与河内屋有来往的梳妆品贩子介绍她进去的，年纪大约十九二十来岁，人长得不错，在后厨帮佣当真有些可惜了。"

"那个梳妆品贩子叫什么？"半七又问。

"那梳妆品贩子我认得，"幸次郎代答道，"叫阿德，具体叫德三郎还是德兵卫我忘了，是个才二十二三岁的小白脸。这人爱玩，在江户混不下去，于是挑着些梳妆品到各地行商，去年八月前后又回了江户，不知借住在谁家二楼，如今还是挑着梳妆品走街串巷。"

"原来如此。好，我明白了。你先查清阿德那小子的住处，把他给我抓回来。我去马道那家当铺，再深入查一查。"

"我跟您一起去？"善八探脸问道。

"对。保不准会有事让你办，你也一起去。"

"是。"

半七让善八带路，来到马道时，这时节长长的日头已快下山，圣天 [1] 的森林也阴沉沉的。

"好像要变天了。"善八望着天空说。

"嗯。这天真糟。今晚兴许要下雨。"

突然，一阵旋风骤起，卷起的白沙在马路上打着转。两人扬起一只袖口掩面，顺着商铺屋檐下往前走。暮色向晚，远处传来阵阵雷声。

"打雷了。这天变脸真快。"

聊着聊着，两人已来到河内屋的门帘前。善八二话不说，钻过格子门，与账房的掌柜打招呼：

---

[1] 圣天：待乳山圣天社，即本龙院，位于今东京都台东区浅草七丁目，浅草寺的子院，本尊为欢喜天。

"喂，掌柜，我家头儿有事商量。这里不方便说话，可否请你出来一下？"

"是，是。"

四十五六岁的掌柜从账房出来，与站在门帘外的半七打招呼。

"你就是这里的掌柜？"半七用手巾擦着脸上蒙的沙尘，问道。

"正是。鄙人利八，已在河内屋干了三十四年，还请头儿多多关照……"

"利八掌柜，我也不和你兜圈子，有件事想打听一下。听说前阵子有个怪阿婆在你们铺子后门偷窥，可有此事？"

"有。可把我们折腾坏了。店里一名掌柜和小伙计现在还昏迷不醒呢。"

据利八说，掌柜和小伙计至今高烧未退，正如垂死挣扎的蛇一般乱扭乱跳。伙计们都很害怕，谁也不敢靠近，眼下只有东家和自己交替照料，瞧那模样三四天内是好不了的。综合最近的传闻来看，当时的怪阿婆应该就是那个甜酒贩。利八小声对半七说，昨天午后，邻居曾见过一个看似怪阿婆的女人在铺子前徘徊。大伙儿正暗自担心，不知又会遭遇什么样的灾祸呢。

"还有，你们铺上好像有个叫阿熊的女子？"

"有。好像出身西国，今年十九。去年九月，之前的婢女突发急病，请辞离开。当时不是换雇季节，一时半会儿找不到婢女顶上，正头疼呢。恰逢常来我们铺上典当的梳妆品贩子德三郎说，自己认识一名女子要找差事，问我们能不能雇佣。这可巧了，我们自然就雇了。阿熊品性不坏，人也老实肯干。这次可真找了个好下人，主人和我们都很高兴。"

"阿熊在江户可有亲戚？"

"她说是来投靠芝地某武家宅邸的足轻[1]。这么一看，我们也怪疏忽的，但当时真的很缺人，加之阿德也跟我们打包票，我们也就没有详查底细……"

---

[1] 足轻：日本中世以来的杂役、步兵，江户时代处于武士最底层。

利八挠着鬓角答道。

"之后阿熊可有什么奇怪举动？"

"没有。被怪阿婆尾随之后，她就极不愿出门，我们也正头疼呢。但这也情有可原，故而多数事情，我们都交给小伙计去做了。她也没生病，在家还是正常干活。若您找她有事，不如我现在就把她叫来？"

"不，叫了就麻烦了。"半七摇头道，"可否让我们绕去后门，偷偷瞧上一眼？"

"当然。眼下正好是傍晚，她应该在后厨干活呢。请从旁边的巷子进去。"

半七按利八所说，踏着狭窄巷道的水沟盖板进去。最近两三日天气都很暖和，这里已经能听见蚊子的嗡嗡声了。半七取出手巾蒙住双颊，放轻脚步，凑近河内屋的厨房后门，只见一个年轻女子提桶走了出来。昏暗暮色下，她白皙的脸庞格外显眼。正这么想着，女子瞧见暗处半七的身影，慌忙小声问道：阿德？"

由于不知阿德嗓音如何，半七无法立刻模仿，只得默不作声地点了点蒙着手巾的头。于是，年轻女子便挨了过来。

"你这阵子为何不来？我们当时的约定，难道你忘了？"

半七还是不吭声。女子似起了疑，突然伸出一只手扯下了半七的头巾。虽然四下昏暗，但她似乎依旧立刻察觉自己认错了人，于是惊叫一声，丢下水桶往屋里逃去。

手巾也被女子丢下。半七拾起手巾，拍净泥土，此时头顶忽然轰隆一声响了雷。

三

到了外面，利八和善八正等着。方才的雷声过后，豆大的雨点倾盆而下。利八建议先避避雨，半七婉拒，借了一把油纸伞走了。

"头儿，两人撑一把伞可挡不了多少雨。"善八说。

"唉，没办法。把衣裳下摆掖起来吧。"

雷声愈来愈烈，大雨滂沱，似要击穿伞面。两人眼前划过一条青白闪电。

"头儿，不行，虽然窝囊，但我真走不了了。"

半七知道善八极为惧怕打雷，加上时辰也正好到了六刻（傍晚六时），他便就近找了家小食铺进去躲雨，顺便吃个晚饭。雷声持续了约莫半个时辰，善八嘴唇都吓紫了，整个人缩成一团。他盯着眼前的饭食，虽然素来好酒，但他连酒杯都没碰一下。跟他说话，他也没法好好回应。

　　梳妆品贩子德三郎与阿熊的关系已然明了。德三郎四处行商之时，在某地与阿熊相识，邀她一并来到江户。他当初定是不知该如何安置阿熊，才让她住进河内屋干活。同时，前阵子在大川边想与自己搭话的，想必就是德三郎了。他面色苍白，似是想对自己说些什么。正当半七左思右想之际，雷声渐渐消散，善八也如死而复生一般恢复了精气神。

　　"头儿，抱歉，这下终于松了口气。还没换季就遇上这种倒霉事。"

　　"正好，雨好像也小了。赶紧吃饭吧。"

　　两人匆匆吃过晚饭走出食铺，时间已过晚上五刻（晚上八时）。雨势已然变小，不时有微弱的闪电划过两人伞顶，仿佛还想吓唬善八。正赶往浅草雷门的半七忽然停住脚步。

　　"喂，咱们再去河内屋一趟。我仔细一琢磨，想到件事，有些在意。雨也停了，咱们把伞送回去，正好问问那个叫阿熊的女人现在如何了。"

于是，二人又转身去了河内屋。善八独自入内，向掌柜打听阿熊的情况。利八依旧回答应该在后厨，以防万一，他说亲自过去看看，于是起身离开账房，不一会儿却慌慌张张跑回来，说哪里都找不到阿熊的身影。善八也大吃一惊，赶紧跑到外面报告半七，后者"啧"了一声。

"这下糟了，我就觉得那女人可疑，早知道当时就该抓了她。畜生，到底跑哪儿去了。"

阿熊逃去了哪儿，二人毫无头绪，只好在铺门口干站着。这时，一个女声传来。

"卖甜酒，甜酒浆……"

两人似被突袭一般猛然一跳，接着往声音传来的方向仔细一瞧，大雨刚过，家家户户都半掩大门，门缝里漏出的灯光微微照亮淋湿的马路，雨雾中依稀可见一抹女子的瘦影。女子似乎正打着赤脚，啪嗒啪嗒地踏着泥泞，宛如幻影一般从雷门方向走来。世间走街串巷的甜酒贩数不胜数，加之她的嗓音清澈透亮，听着非常年轻，这让半七有些迟疑，但还是催着善八躲进了路边屋檐下。声音的主人渐渐靠近。她肩上扛着甜酒箱，好像全身都淋湿了。两人屏息偷窥，只见她忽然脚被吸住似的停在河内屋前。当半七看见她虽嗓音年轻，但确实是个老年女人时，忽然心潮汹涌。

甜酒婆先探看一眼河内屋，接着往小巷口走去。半七偷偷离开屋檐下，来到巷口暗暗往里张望。只见她站在河内屋的厨房后门前，往里窥探了一阵，接着返身回到了大马路上。半七有些迟疑此时是该立刻将她逮捕，还是该按兵不动，再放她一阵观察事态发展，最终还是默不作声地跟在了她后面。善八也跟了上来。两人方才便已脱下鞋履赤脚走路。由于害怕踩踏泥泞时发出的脚步声引起对方注意，两人特意拉开了五六间距离偷偷跟在后头。

出了河内屋的巷子后，她便不再叫卖甜酒浆，而是一声不吭地闷头走在马路中央。

"头儿，应该就是她吧？"善八悄声说。

"她偷看了河内屋，应该就是那个老太婆。"

说话间，她忽如凭空消失一般不见了踪影，两人又是一惊。善八似有些发怵地呆立原地。两顶好似去往吉原的轿子飞也似的通过此处。在轿子灯的照耀下，她瘦弱的身影又隐约自黑暗中浮现。就在此时，她又似心血来潮一般喊了一声：

"卖甜酒浆……"

声音在寂静的马路上清晰响起时，其中一顶轿子忽然停下了。一个武士模样的男子掀开垂帘，大步流星靠近她。两人小声对话几句，接着提灯火光下刀光一闪，老太婆突然被砍倒在地。她还来不及吭声，便如枯木般无声无息地倒在了泥泞中。武士收起佩刀，正打算返身上轿，半七飞奔过去挡在轿杠前。

"请您留步。我是町奉行所的人。敢问您方才砍人是在试刀，还是另有隐情？"

即便身为武士，随意拿人试刀亦是十足的犯罪。根据情形，他亦有可能无法逃脱切腹罪责。砍了人后若能成功逃走，或许能够无事，但若被奉行所的人看见了，那便极为麻烦。被人撞见自己的行凶现场，武士似乎极为难堪，哑口无言踌躇了一阵后，前面那顶轿子里又下来一名武士。两人都很年轻，后出现的武士似乎更为世故。他对半七解释说，他们绝非拿人试刀，只是亦无法明言缘由，也无法报上宅邸名称。他再三请求半七放过他们，但半七不肯，坚持说自己既然目睹了杀人现场，就不能眼睁睁看着凶犯跑掉。这说辞自然再正当不过，但还有一点，自己好不容易追查到这一步的大鱼，竟让人横插一脚，就此糟蹋了，半七心里委实恼火，所以才一个劲刁难武士。

在半七的有意为难之下，对方似也束手无策，最后竟请求用金钱私了。半七仍旧不肯，最终让两人乘上轿子，硬将他们带到了附近的警备所。砍杀老太婆的年轻武士心里似已有了决断。

"无论如何，在下终归无法报上宅邸名。若你硬要将在下引渡官差，在下宁愿就地切腹。"

事到如今，半七也有些同情对方，无法继续刁难他们了。他将另一位武士叫到外面，低声说服他道：

"我大抵明白两位并非拿人试刀。两人结伴在街头乘轿游走、试刀砍人之事着实罕见。再者，就我方才所见，那边的武士大人是在听了那阿婆叫卖甜酒浆的声音后才忽然停轿出来的。这里头似乎有什么缘由。莫非两位认识那个阿婆？若你们认识，还望告知。只要知晓缘由，我也不是非要问出宅邸名。坦白说，我这阵子一直在追查那个阿婆。结果两位突然从旁边窜出来，冷不丁将她砍死了，我就没法交差了。还请两位体谅体谅我，告知实情。容我再啰唆一遍，只要知道了缘由，我绝不会给两位添麻烦。"

即便如此，武士似乎仍不情愿，半七好说歹说一阵，终于将他劝服了。他返身入内，与另一位武士窃窃私语了一阵后，两人心一横，最终决定将事情和盘托出。

"在下可以不说宅邸名称，是吧？"

"当然。"

由于必须设法让二人开口，半七在听到二人供词之前便先做了保证。如此，半七竖起双耳，正等着聆听他们说出秘密时，突然有人快步冲了进来。

"啊，头儿，您来得正好！那个臭梳妆品贩子，干出大事了……他杀了那女的！"

来者正是去追查梳妆品贩子住所的幸次郎。

四

　　幸次郎寻到梳妆品贩子德三郎的住处，来到田町附近杂货铺的二楼，不巧对方外出了。幸次郎想着下回再来，转身回到马路上，结果恰好遇上那场雷雨。幸次郎躲进附近熟人家避雨，等雨势转小后再度前往德三郎家，此时楼下的阿婆已不在铺内。幸次郎往里一张望，听见二楼传来微弱的呻吟声，当即冲上楼去，发现有一年轻女子浑身是血地卧倒在昏暗的座灯前。德三郎手里握着一把染血的短刀，失魂落魄地坐在女子身旁。如此情景，怎么看都像是德三郎杀了女子。幸次郎打落他手中的刀，当场用捕绳绑了他。德三郎并未反抗。

　　幸次郎检查了一番倒地的女子，发现她还有微弱的呼吸，于是遣人去叫附近的大夫，然而没等大夫赶来，女人就先咽气了。为了及时上报此次事件，幸次郎找了个邻居看守被绑的德三郎，自己则赶来了警备所。

甜酒婆和女子同时遇害，半七觉得这两桩案件之间似有什么联系，于是立刻让人将德三郎押来警备所。不多会儿，德三郎便面色苍白地被押解而来，半七一瞧，这人正是他在大川边遇见的年轻男子。

"喂，德三郎，你认识我吗？"

德三郎沉默点头。

"我虽还未见过死者，但被杀的女子是河内屋的阿熊吧？你可真干了件不得了的大事。你为何要杀她？从实招来！"

"头儿，您弄错了。"德三郎喘着气说，"不是我杀了阿熊，而是她自己刺了小腹。等我慌忙过去夺下短刀时，已经来不及了。"

"那短刀是女人的东西？"

"不，是我的……"德三郎含糊地说道。

"说清楚！"半七喝道，"你的短刀为何会在女人手中？而且你的营生用不上刀，你又为何会有短刀？"

"是。"

"是什么是？你光说什么'是'啊'对'的，我怎么能明白？说清楚！我大发慈悲给你一碗凉水喝，你先消消火，冷静冷静再说，明白了吗？"

德三郎喝干善八拿来的一碗茶水，开始断断续续地讲述事情始末。他本来生在浅草一家相当大的梳妆铺里，但因沉迷享乐而败了家业，最终只能离开江户。他依旧卖梳妆品，挑着货担流转诸国行商，甚至从京都、大阪出发，经由中国地方去了九州[1]。之后，他在某个城下町[2]落脚，并与城下町一里外小村庄里的某个女子亲密起来。她就是阿熊。阿熊与老母阿纲相依为命，但因村中规矩不准与外

---

[1] 九州：日本本土四岛之一，日本第三大岛，位于日本西南部。

[2] 城下町：日本的一种城市建设形式，以领主居住的城堡为核心建立的城市。与其他城郭城市不同，城下町一般只有领主的城堡周围有护城河与城墙的保护，平民居住的街道则无。现在的日本，人口十万以上的城市多是从城下町发展而来。

人通婚，阿熊便抛下母亲逃离了村落。对德三郎来说，他与阿熊不过是在旅途中随便玩玩，感情并未深厚到想带她私奔，他也不承想一朝会被这女人缠上。不过麻烦还在后面，那便是阿熊拥有当地人称为"蛇神"的血统。

该地有一种名为"蛇神"的恐怖血统。继承此血统之人出生即有一种微妙的魔力，只消被他们用力一瞪，被瞪者便会立刻发高烧。不仅如此，被瞪者还会为高热所苦，如蛇一般扭曲挣扎。"蛇神"之名便是由此而来。然而，并非他们随便睁大眼睛用力一瞪就能让对方有所感应，而是必须带有强烈的感情：嫉妒、憎恶、怨恨、艳羡、咒骂、爱慕、哀伤、喜悦、恐惧……当内心充盈此等强烈的喜怒哀乐之时，他们的目光里才能蕴含可怕的魔力，才能迷惑对方。也正因此，他们无法凭自己的意愿操纵魔力。若只怀揣着想让人吃苦头的念头，如儿戏一般瞪视对方，这种瞪视也绝对不会起效。总而言之，这种能力是他们内心流露的自然作用，无法强行抑制，也无法强行驱动，只能顺其自然。村中人不与外族通婚，大抵也是因为这种不可思议的血统。

德三郎最初认识阿熊时，也遭受了这种古怪的热病之苦，得到了阿熊的殷勤照顾。病愈之后虽发现了这个秘密，却也对此无可奈何。德三郎本想抛下阿熊逃走，无奈阿熊坚决不依。若执意抛下她，德三郎又害怕阿熊怒视的目光。再者，在她主动坦白自己的蛇神血统，哭着恳求德三郎不要抛弃她时，德三郎也心软了。德三郎想，这或许也是上天注定，于是信了命，决定带阿熊逃走。

而让他的决心更加坚定的另一个原因是，他从当地老人口中得知了一个传说：可怕的蛇神只要翻越箱根就会成为普通人，无法再展现任何不可思议的能力。若是如此，自己也无须太过害怕。德三郎稍微安下心，与阿熊一同回到了江户。九州的蛇神踏上江户的土地后似也成了普通女子。不知道是不是错觉，她眼瞳里的光芒似乎也柔和了起来。阿熊是个貌美且深情的女子，如今无依无靠，便将德三郎视为顶梁柱，全身心地依赖于他，这让德三郎觉得她可怜又可爱。如此，两人的感情日渐深厚。可德三郎如今只是个贩卖梳妆用品的货郎，凭他那双瘦弱的手，很难在大江户中养活自己和女人。两人商量过后，决定暂且分开工作一阵子。于是，阿熊便在德三郎的介绍下进了河内屋干活。幸运的是，河内屋与德三郎的住处不远，阿熊常常在外出办事时偷空去找德三郎。

如此，两人相安无事地过了小半年。可今年春天突然发生了一件事，让这两个年轻的灵魂备受惊吓。二月中旬的一个傍晚，德三郎做完买卖回家时，有个阿婆正在浅草的广德寺前卖甜酒浆。她就是阿熊的母亲阿纲。阿纲眼尖地看见了德三郎，大步走过来扯住他的衣袖，质问他自己的女儿在哪儿，叫嚷着要他归还女儿。德三郎如遇死神，惊惧不已，几乎不顾一切地推倒阿纲逃走了。当晚，他便发了高烧，如蛇一般痛苦地扭曲挣扎了足足十来天。

翻越箱根之后蛇神就不会作祟的传说根本不可靠。想必阿纲是为了寻找女儿，才千里迢迢从九州追到了江户。想到阿纲那强烈的执着心，德三郎越发恐惧。他与阿熊讲清缘由，决心将她交还母亲。可阿熊无论如何也不肯，大哭大闹着说，若要她与德三郎分手，返回故乡，那她索性死了算了。德三郎也束手无策。不久，古怪甜酒贩的传闻愈演愈烈，只有德三郎和阿熊知道那人就是阿纲。为避免被母亲找到，阿熊出入都小心翼翼。可德三郎怎么也安不下心。外头传闻越盛，他就越发恐惧，唯恐阿纲再次找到自己时会要了自己的命，于是终日惶惶不安。

如此提心吊胆地过了一阵，德三郎在大川边偶遇半七。半七不认得他，但他认识半七，于是想着不如干脆坦陈一切，向半七求助，最终因怯懦而没能开口。然而，不幸的宿命越发迫近。阿纲锲而不舍地在江户四处寻人，最近终于发现女儿藏身在河内屋。她不仅时时在附近徘徊，甚至让河内屋的掌柜和小伙计遭了蛇神怪病，这使得德三郎的恐惧到达了顶点。惊恐万状之下，他做下了一个可怕的决定，打算下次遇见阿纲时，干脆杀了她。德三郎买了短刀，每日揣在怀中出门行商。

这晚，阿熊又偷偷来访他借住的杂货铺二楼，又提起那个对两人来说至关重要的问题。德三郎亮出短刀，表明了自己的最终决定。但他也不想这样做。杀人之事一旦暴露，自己也会被剥夺生命。若阿熊能就此对自己死心，乖乖回到母亲身边，那么三人都能平安无事。德三郎苦口婆心劝慰阿熊，希望她能舍弃与自己的缘分，可阿熊固执地不肯答应。她哭哭啼啼，十分癫狂，冷不丁夺下男子的短刀，深深刺进了自己腹部。流淌着蛇神之血的年轻女子就此惨死。

"真是遗憾，若再早一步，至少能救下那姑娘……"两名武士听罢这个爱情悲剧后叹道，"事到如今，我们也不必再隐瞒。其实我等与那蛇神之女来自同一藩国。"

他们亦是西国某藩武士，早前就知道蛇神之事。藩主驻江户宅邸里的众人一致认为，这段时间惊扰江户的甜酒婆一定就是本国的蛇神。女子早晚会被捕，届时若让世人知晓自己藩国的领地内有如此奇异的人种，必定会有损宅邸在外的名声，因此上峰暗中对府内所有年轻武士下令，一旦发现那女子，就地格杀。两名武士今晚便达成了这项使命。然而，若要对半七坦陈其中缘由，自然须得说出宅邸名。还有就是案发的时间和地点不凑巧。当时，他俩正在去往吉原玩乐的途中。他们所属宅邸的武士风气十分浓厚，严禁府中人出入游郭。所以当初被半七百般刁难之时，他们才打定主意，与其报上宅邸名和自己的身份，不如选择赴死。

"如此，案件就解决了。"半七老人歇了口气，"明白原因后便知无人有罪。按照那个时代的习俗，武士因这种缘由杀人是无法苛责的。我们也体谅他们的苦衷，一切暗中解决。但对八丁堀的老爷，我还是将事情原委报告了一遍。德三郎虽没有罪责，毕竟是因他将女子带来江户才引起这场骚动，原本应判流放孤岛，最终是只将他赶出江户便罢。如此，他离开江户，准备再度踏上旅程之时，却在投宿神奈川[1]当晚突发高热，最终痛苦挣扎而死。因果报应，实在可怜。德三郎终究是当事人，得此下场也无可奈何，其他人为何遭蛇神作祟则未可知。兴许正如之前所说的那样，双方擦肩而过之时，若对方有什么让阿纲歆羡或恼火的地方，阿纲顺势目不转睛地盯着看一眼，对方立刻就会有所感应。阿纲或许并未打算加害对方，但对方还是自然而然地遭了灾，想想真是恐怖。那蛇神到底是什么，这并不清楚。我有个出身九州的熟人，据他说，四国[2]的犬神、九州的蛇神，此二者自古以来便闻名全国。这故事很像杜撰的，但那里真有如此不可思议的血脉，其他族类绝不会与他们通婚。除此之外，还有许多诸如此类的离奇故事，眼下还是就此

---

[1] 神奈川：江户时代东海道五十三个宿场中的第三个宿场，位于武藏国橘树郡，今神奈川县横滨市神奈川区神奈川本町附近。

[2] 四国：四国岛，日本本土四岛之一，也是其中最小的岛屿，地处日本国土的西部偏中处。旧时此地存在南海道六个令制国中的阿波、赞岐、伊予、土佐等四国，故名。如今则是香川、德岛、高知、爱媛等四县的地域。

打住吧。往昔，不论哪个藩国都有此类不可思议的传说；现在，这些传说已完全绝迹了。若讲给学者听，他们或许会说这是一种催眠术吧。"